KB176774

# 질병은 존재하지 않는다?

—

유영현

publisher    instagram

질병은 존재하지 않는다?

**초판발행** 2023년 7월 1일
**지은이** 유영현
**펴낸이** 최대석
**펴낸곳** 행복우물
**출판등록** 제2008-04호 **등록일** 2006년 10월 27일
**주소** 경기도 가평군 경반안로 115
**전화** 031-581-0491 **팩스** 031-581-0492
**전자우편** book@happypress.co.kr
**ISBN** 979-11-91384-49-9
**정가** 18,000

본문은 1998년 동아의료원 소식지, 1999년 해부 학회 소식지, 2002년 동아대학교 학보, 2007년 국제신문, 2014~2015년 리더스 경제신문, 2018년 리더스 경제신문, 2021년 국제신문, 기타 매체 등에 연재되었던 칼럼과 글들이 포함되어 있습니다.

# 질병은 존재하지 않는다?

–

유영현

행복우물

# 서문

90년대 후반 의학사 강좌를 맡게 되었다. 국가의 연구비 증액과 연구장려 분위기 속에서 내 연구 역시 급격히 팽창하던 때 였다. 수업을 줄이고 연구에 매진하여도 녹녹하지 않았지만, 우리 대학에 전공자가 임용될 때까지 강의를 맡기로 하였다. 이후 20년 넘게 의학사를 강의하였다. 나중에는 의철학 강좌도 맡았다. 내 전공과목인 해부학보다 의료인문학 수업이 더 많아졌다. 그리고 의료인문학 강좌들을 맡은 덕에 내 생각은 더 풍성하여졌다.

현대의학은 통상적 물리화학법칙으로 건강과 질병을 설명하여 성공을 거두었다. 의과대학 재학 중 나는 의학을 오롯이 자연과학으로 배웠다. 정신과학만이 예외였다. 의대를 졸업하고 실험의학을 전공하였다. 실험의학은 극단적인 자연과학이다. 내 경력의 대부분을 자연과학자로 살았다. 하지만 의학은 과거 인문학의 모습을 찾아가려고 늘 꿈틀댔다. 나는 다행이 의료인문학 세례를 받아 이런 움직임을 이해하게 되었다. 내게 이제

의학은 단순한 자연과학이 아니다.

 의료인문학 강의는 내게 뜻 밖의 선물을 가져왔다. 압도적인 자연과학 수업에 지친 의과대학생들의 허전함을 채워준다는 보람을 느꼈다. 의철학을 처음 맡은 첫 해 마지막 수업에서는 평생 잊지 못할 기립박수를 받았다. 해부학 강의 평가는 나이가 들어가면서 점점 평균 이하로 떨어졌지만 의철학 강의평가 점수는 늘 최고였다. 일간지에 칼럼 집필 기회를 얻으면 대부분 의료인문학적 주제의 글을 썼다. 의료인문학이 부전공이 된 셈이다.

 이 책 전반부에는 의료인문학 주제의 글들이 포함되어 있다. 이 책 후반부는 군이 의료인문학 주제의 글이라 분류할 수 없는 글들이 수록되어 있다. 의사이자 의과대 교수 경력을 밟으며 쓴 글이지만 소위 고유 인문학이라 부르는 문사철 영역의 글들은 아니다. 이 중 몇 편은 이미 여러 매체에 발표한 글들이다. 과거에 출판을 시도하였던 글들 몇 편도 포함되어 있으며 이 책을 위하여 새로 쓴 글들도 포함되었다.
 이 책은 학업 중에 있는 젊은 의학도와 의료활동 중인 의사는 물론 비의료인에게도 사유거리를 제공할 수 있을 것이다. 독자들의 격려를 기대한다.

# 목차

## 3장 왓슨의 몰락

## 2부 비의료인문학

### 4장 잊혀지지 않는 책

### 5장 몸에서 생각 줍기

## 6장 촌철살인 귀동냥

# 1부
# 의료 인문학

# 1장

–

## 손과 테크놀로지

# 손과 테크놀로지

"기술을 배워야겠다!"

1975년 고2 여름 방학이 시작될 무렵 뒷산 등반을 청하신 아버님께서 바위에 앉으셔서 호소하신 말씀이다.

아버님은 문화는 관념의 산물이라는 동시대인의 전통적인 견해를 가지고 계셨다. 노동과 땀은 단순한 보조일 뿐이라는 생각을 내게 늘 주입하셨고 손 보다 머리 훈련을 강조하셨다. 인문사회과학을 알아야 "세상을 넓게 볼 수 있다"고 가르치셨고, 나는 시계와 선풍기를 뜯어 조립하는 일에는 관심이 없이 자랐다. 그 때까지 인문사회계열 진학은 확고한 진로였다. 한데 아버님께서 기술을 강조하시면서 의과대학 진학을 권유하신 것이다.

아버님은 건국 초기 몇 안 되던 조종사 중 한 분이셨다. 독자라는 이유로 할아버지 고집 때문에 비행기에서 내리시게 되셨다. 경영학을 새로 공부하시어 회사 일반 관리직으로 근무하셨지만 "기술입국"이 강조되던 시대에, 아버님의 사내 입지는 자꾸 좁아져 가고 있었다. 남이 배울 수 없던 조종기술을 놓으신 것을 뼈저리게 후회하시게 된 것도 그 즈음이었다. 아버님은 기술을 가져야만 생존한다고 굳게 믿게 되셨다. 아버님께 의학 공부는 "일인일기" 달성의 과정이었다.

아버님 뜻을 따라 의과대학에 진학하였다. 기술습득이라는 목표에 근심이 없지 않았지만 의과대학 학업은 순조로 왔다. 아침부터 저녁까지 이어지던 수업과 시험은 내게 익숙하였던 머리 훈련이 대부분이었다. 지금과 달리 내가 수학하던 시절 의과대학에서는 임상술기 등 손 훈련을 제대로 가르치지 않았다. 다만 복사기를 마음대로 이용할 수 없던 시절이라 노트를 정리하고, 강의를 받아 적는데 손을 혹독하게 사용하였을 뿐이다. 글쓰기 훈련은 잘 되어 있었다. 글을 쓰는 것은 기술과는 또 다른, 선비의 영역이란 생각이다. 노트 정리 잘하고 머리에 의학지식도 잘 정리해두다 보니 누가 보아도 훌륭한 의학도였다. 짐짓 훌륭한 임상의사가 될 수 있을 것 같았다. 하지만 나는 기초의학자의 길을 선택하였다. 이런 결단에는 손과 머리에 대한 나의 태도가 중요한 요소가 되었다. 수술하고 술기를 하는 임상의사로서의 훈련보다는 연구하고 가르치는 기초의학이 익숙하게 보였다. 손 보다는 머리가 더 소용될 듯 싶었기 때문이다.

하지만 기초의학도에게도 훈련되지 않은 손은 큰 골칫거리였다. 실험에는 훈련된 손이 필수였다. 나에게는 앞서는 머리는 있었으나 따라 주는 손이 없었다. 쉴 새 없이 움직이는 머리 속의 상상과 관념은 손의 구체적인 움직임에 방해가 되었다. 손을 움직여야 할 때 다른 생각을 하니 실험을 망치기를 반복하였다. 혹 집중하여 손을 움직여 보아도 손이 세밀하지 못해 좋은 실험결과를 얻지 못하였다. 말 안 듣는 손으로 인해 고민하면서, 실험과학을 전공한 것이 오판이 아닌가 거듭 생각하며 힘겹게 실험실 생활을 하였다.

훈련 안 된 손의 문제는 대학원생들과 연구원의 손을 빌어 실험을 하게 된 후에야 겨우 벗어날 수 있었다. 피펫과 실험도구를 만지며 고생하던 내 손은 이제 대학 때 필기하던 익숙한 기능으로 다시 돌아왔다. 컴퓨터 자판 위에서 논문을 쓸 때 손은 활기차게 움직인다. 이제 내 손은 기술이라는 굴레에서 벗어나 생각을 글로 구현하는 역할에 안착하였다. 기술습득에는 둔하였지만, 그나마 과학적 서술에 내 손이 쓰이고 있다는 사실이 아버님 유지를 받들고 있는 것 같아 다행이다.

하지만 항상 아쉬움이 많다. 만약 나의 손이 예민하였다면 더 좋은 성취가 있었을 것이다. 지금도 반드시 필요하지만 발휘할 수 없는 기술 때문에 지장을 많이 받는다. 나는 학생들에게 손의 해부학을 가르칠 때면 오른 손 둘이 마주보고 있는 조각품 "카테드랄"에 깔린 로댕의 견해를 들먹이며 강조한다.

"문화는 관념의 소산이자 손의 소산이기도 하다!"

# 침묵

"말이 너무 많은 세상이다. 말을 줄이는 것을 배워라. 금년 한 해 침묵
   이라는 단어를 가슴에 새기고 살아라!"

　고등학교 2학년 첫날 설레는 마음으로 기다렸던 담임선생님
께서 급우들에게 주신 예상 밖의 일성(一聲)이다. 학업에 대한
의례적인 훈시에 익숙하던 우리들에게 담임선생님의 말씀은
신선하기도 하였고 재미있기도 하였다. 얼마 뒤 급훈을 제정하
는 학급 회의에서 급우들은 한결 같이 "침묵"이라 외쳤다. 그
리고 우리는 그 해 내내 칠판 옆에 걸려 있던 급훈액자 속 「침
묵」을 보면서 지냈다. 그 급훈이 우리를 정말 침묵하게 하였는
지 기억은 없다. 다만 그 해가 지나고 나서 「침묵」은 나에게는
거리가 먼 단어가 되었다. 간혹 "침묵은 금이다"는 경구나, 한
용운의 시 「님의 침묵」 혹은 사이먼 앤 가펑클의 노래 「침묵의
소리」, 그리고 영화 「양들의 침묵」 등을 통하여 그 단어가 다
가올 때면, 나는 고등학교 2학년 그 엉뚱한 급훈을 떠올리며

미소 지었을 뿐이다.

　그런데 지난 몇 년 전부터 이「침묵」이라는 단어가 다시 살아나 내 주변을 감돌고 있다.「유전자 침묵」실험 기법 때문이다. 어떤 유전자를 간섭하여 이 유전자가 일을 못하게 하는 기법을「유전자 침묵」기법이라 한다. 지난 해 앤드류 파이어와 크레이그 멜로는 이 기법의 이론적 근거를 제공하여 노벨의학상을 수상하였다. 특이 유전자를 침묵시키면 그 유전자는 단백질을 생산하지 못한다. 연구자는「유전자 침묵」실험을 통하여 그 유전자의 기능을 오히려 알게되는 것이다.「유전자 침묵」기법은 질병의 원인이 되는 유전자를 표적 치료하는 수단으로도 가능성이 있다고 믿어진다. 따라서 현대 의학연구에서이「유전자 침묵」기법은 필수기법이 되었다. 나의 실험실에서도 이 기법을 늘 사용하게 되었고 이 기법과 함께「침묵」이 내게 다시 찾아온 것이다.

　모든 대학 실험실처럼 우리 실험실도 일주일에 한 번 씩 랩미팅이라는 모임을 가진다. 실험실의 대학원생, 연구원들이 실험자료를 해석하고 논문을 읽으면서 공부도 하는 시간이다. 이 랩미팅 때마다 나는 학생들에게 "침묵시키니 결과가 어떻드냐?"고 반복해서 질문하게 된다. 의학 실험실과 어울릴 것 같지 않는 단어 「침묵」. 그러나 이제는 「침묵」이 의학용어가 되었고 실험실에서 상용되는 것이다. 그러고 보니 고등학교 때의 급훈이 삼십 수년 지난 현재 나의 실험실에서 다시 생명력을 얻어 꿈틀대고 있는 것이다.

사실 나는 「침묵」이라는 덕목을 전혀 실천하지 못하였다. 늘 말이 많은 사람이었고, 지금도 여전하다. 생각을 말로 한다는 놀림도 받는다. 회의에서도 침묵은 없다. 내 의견에 반하는 주장이라도 나오면 내 뜻을 관철시키느라 장황한 설을 펼치고 만다. 나뿐 아니다. 고2때 급우들 대부분이 말 많고 말 잘하는 사람들이 되어 있다. 담임선생님의 독특한 철학은 제자들 삶에서 전혀 무시되고 만 듯 하다. 내가 학창시절과 청장년을 거치던 시대에도 침묵을 더 이상 덕목이 아니라고 가르쳤었다. 자신과 자기 주장을 알려야 하는 시대라는 것이 우세한 가르침이었다.

하지만 달변이나 다변이 침묵에 지는 경우를 자주 목도하였다. 내 달변도 심심찮게 침묵에 가려지는 경험이 쌓여간다. 여전히 침묵은 웅변보다는 우위에서 세상을 다스리는가 보다. 한 작가는 침묵은 제일 사랑스러운 말을 고르기 위한 긴장이고, 제일 바른 주장을 하기 위해 더듬고 있는 성실함이라 하였다.

이 긴장과 성실함을 진작 갖출 수 있는 흔치 않은 기회를 담임 선생님께서 주셨는데…. 이미 이 세상을 떠나가신 담임선생님께 죄송할 뿐이다.

남보다 더 많은 말을 하며 살아 왔다. 급훈은 나에게 전혀 녹아들지 않았다. 그런데 30년 넘어 지나 그 급훈이 의학용어로 내게 다시 찾아와서 여전히 내 주변을 맴돌고 있다. 그래서 나는 요즈음 가끔 엉뚱한 상상을 한다. 걸상을 받치고 올라가 32년 전 교실 벽 그 액자를 떼어 내린다. 먼지를 툭툭 털어 낸다. 그리고는 현재의 실험실 벽에 옮겨 걸어본다.

**실훈(室訓) "침묵"**

# "그레이아나토미"와 「해부학교실」

"전공이 무엇입니까?"

"기초의학을 전공하였고 해부학을 가르칩니다."

내가 간결하게 해부학이라 답하지 않는 이유가 있다. 상대는 대부분 내과 외과와 같은 임상과목 전공자일 것이라 기대를 깔고 내게 질문한다. 임상에 대하여는 대화할 제목을 누구든 한 보따리 가지고 있다. 따라서 해부학이란 답은 대개는 상대에게 실망스럽기 마련이다. 또 다른 중요한 이유는 해부학이란 이름이 풍기는 시체냄새 때문이다. 누구든 이 냄새로 다소 불편해한다는 것을 알기 때문에 나는 뜸을 드려 답하게 된다.

지난 여름에도 해부학은 「해부학교실」이라는 영화로 대중들에게 스산한 분위기로 다가왔다. 해부학교실은 해부학을 교육하는 행정단위이고 인적 구성이다. 해부학교육의 일부가 시체해부실습이다. 이 시체해부에 대하여는 상상도 많고 소문도 많다. 시체해부는 어둠, 공포, 살인, 귀신 같은 것들을 흔히 연상시킨다. 영화 「해부학교실」 역시 의과대학생들의 시체해부실습을 메디칼 공포 영화의 배경으로 삼았다. 해부학은 늘 이렇게 으스스하게 느껴지는 법이다. 하지만 의과대학 시체해부실습실의 실제 분위기는 그리 고약하지 않다. 실습 초기 약간의 적응기간만 지나면 의과대학생들은 시체와 오히려 친근하여진다. 방부처리된 시체는 별로 혐오스럽지도 않다. 오히려 시체해부실습실에서는 의대생들의 학습열정이 넘친다. 인체구조를 토론하는 학생들의 대화가 활기차다. 시체해부실습은 인체의 구조를 익히는 이외에도 입문기 의학도들의 전문가적 소양을 키우는 데에도 한 몫 한다. 인체 구조의 정연함을 직접 목도한 의대생들은 인간 이상의 질서에 대하여 생각하며 자신을 낮추게 된다. 한편으로는 시신을 기증한 희생의 유지에 숙연한 마음을 갖기도 한다. 죽음에 대해 생각하면서 겸손해지는 것이다.

올해로 나의 해부학 교육 경력도 벌써 이십오 년이 되어선지 해부학을 강의하는 것에 흥미가 줄었다. 특히 시체해부교육은 더 부담스럽다. 우선 몸이 많이 고달프다. 방부처리 기술이 많이 개선되었지만 여전히 독한 냄새를 견디기는 어렵고 실습시간 내내 이런 저런 도구를 쓰면서 서서 버티기도 여간 힘든 게 아니다. 처음 실습하는 학생들에게는 새롭겠지만, 해마다 들여다 보는 인체구조는 항상 같은 것이라 학문적인 흥분이 없다는 것도 문제이다. 연구는 세포와 분자 하나를 놓고 씨름하는데 해부실습실에서는 커다란 근육과 혈관을 찾아야 하니 연구와 실습의 간극이 너무 커서 어색하기도 하다. 이럴 때면 의학과 1년 시절 해부학교실 문을 노크한 내 결정이 잘 된 것인지 질문해 보기도 한다. 그 때 결심으로 나는 해부학을 전공하게 되었고 이를 가르치고 연구하게 되었고, 내 전문가로서의 경력의 거의 전부는 해부학에서 비롯되었는데…. 그러면 나는 바로 해부학자로 원점에 돌아오고 마음을 다시 추스르게 된다. 해부학은 의학수업 입문기에 배우는 학문이다. 정상구조에 대한 지식 없이는 기능도 질병도 이해할 수 없기 때문이다. 그러니 해부학자는 미래 의료인들의 기초를 놓는 중요한 일을 하고 있다. 해부학자가 된 것은 이런 보람을 느낄 수 있다는 점에서 행운이다.

사실 교육자에게나 학생들에게 해부학은 재미있는 과목은 아니다. 남들이 오래전 밝혀 놓아 변하지 않는 구조를 평생 반복하여 강의하는 해부학자들에게 수업이 지겹지 않다면 오히려 이상하다. 인체구조를 익힌 다음 이를 암기하는 학생들 역시 지루할 수 밖에 없다. 특히 의학용어 암기과정은 힘들다. 의학수업 기간 중 익히는 수 만 개의 용어 대부분이 해부학용어에서 비롯된다. 얼마 전 중학교 3학년 된 아들 녀석이 손뼈 이름 수십 개를 무작정 외우는 그런 공부는 전혀 하고 싶지 않다고 하였다. 해부학에 대한 비평이라 그냥 입을 다물고 말았지만, 뼈 이름만 외우면 다행이겠다. 내가 처음 뼈 오리엔테이션을 받는 1주 동안 외운 용어는 수 천 개였다. 몸의 뼈가 200개가 넘는데, 각 뼈 마다 이름 붙여진 구조물들이 왜 그리 많은지. 하지만 해부학을 통하여 배운 인체의 구조와 용어들은 이후 학습의 바탕이 되었고 평생 동안 사용하게 되었다. 기초 없이는 응용이 없는 법. 모든 의학도들은 해부학 기초 위에 임상의학을 쌓아 의료인이 된다.

근래 종합병원 인턴들의 응급실생활과 사랑을 그리는 드라마가 인기리에 방영중이다. 이 드라마의 제목은 유명한 해부학 교과서를 저술한 학자 헨리그레이와 해부학이라는 아나토미의 합성어인 "그레이아나토미"이다. 의료인으로서 첫발을 내디딘 인턴들의 이야기를 다룬 드라마 제목에 해부학이 들어간 이유는, 어떤 인턴들이라도 해부학을 배우면서 의학수업을 시작하였기 때문일 것이다. 이 드라마 제목이 나에게 힘을 준다.

**"전공이 무엇입니까?"**

앞으로는 한 호흡도 쉬지 않고 답하리라.


"해부학입니다."

# 투병기

지난 해 초 연구실에서 쓰러졌다. 몸이 말을 듣지 않았고 말도 더듬었다. 처음 응급실에서 중뇌동맥이 상당 부분 막혔다는 이야기를 들었을 때만 하여도 수긍하지 않았다. 하지만 퇴원 때 나는 중풍 고위험 환자임이 분명하다는 판정을 받았다. 하루 두 번씩 약을 챙겨 먹기 시작하였고 13Kg을 감량하였다. 근무시간, 특히 모니터를 응시하는 시간을 대폭 줄였고 웬만한 관계들을 끊었다. 녹차를 다려 먹으면서 여유를 가지려 노력하였고 상념을 줄이기 위해 악기 연주도 즐겼다. 퇴원 후 20개월이 흘렀고 이제는 몸도 기분도 훨씬 낫다. 최근의 뇌혈관 촬영에서 새로운 혈관이 관찰되어 몸 관리에 대한 희망도 솟는다.

무엇보다도 구덕산 새벽 등산 습관을 가진 것이 가장 큰 소득이다. 연구실을 나서면 수 분 내에 구덕산에 들 수 있었는데 나는 이를 제대로 누리지 못했었다. 처음에는 운동과 체중조절 목적으로 걸을 때의 심박동과 땀 흘린 후의 나른함을 즐겼을 뿐이다. 하지만 점차 다른 재미가 솔솔 생겨났다. 어느 순간부터 등산길 나무 들풀들이 기억되었고 이들이 철마다 바뀌어 가는 모습을 즐기게 되었다. 야생동물들의 배설물이 보이기 시작하였고, 이들이 지난 밤 유랑하는 길에 상상으로 동행하게도 되었다. 내버려진 음식물에서 겨우 불법투기를 읽었던 삭막한 마음이 야생동물들에게 먹이를 공급하는 정성에 감격 하게 되었다. 나는 점차 자연의 일부로 돌아오고 있었다. 동시에 내 과거생활습관이 얼마나 비자연적이었나를 깨닫기 시작하였다.

실험의학을 전공하는 나는 생명현상이라는 자연현상을 연구한다. 그런데 자연과학자이면서도 나는 너무 자연적인 것과는 먼 생활태도를 가지고 살았다. 자연이 가르쳐 주는 낮과 밤의 적당한 시간배분을 따르지 않고 일중독자로 살았다. 제대로 움직이지 않고 모니터를 응시하는데 바친 시간은, 먹이 획득과 영역을 지키기 위하여 자연이 기울이는 긴장의 시간에 비하면 너무 길었다. 아주 간단한 의사소통으로 살아가는 자연 속 다른 존재들의 방식과는 달리 수 많은 전화와 이메일 그리고 잦은 회의로 내 삶은 복잡하게 얽혀있었다. 일로 인해 생겨난 수많은 감정의 응어리를 그대로 품고 살았으니, 이 역시 흘려보내고 돌려받으며 순환하는 자연이 가르쳐주는 원리와는 거리가 먼 것이 아니었을까?

비단 나뿐만이 아니리라. 경쟁과 평가가 계속되는 연구환경에서 자연과학자의 생활이란 자연의 원리를 따르며 살기가 쉽지는 않다. 하지만 이것이 숙명일 리는 없다. 모든 자연과학자들이 그런 것도 아니고 단지 나의 생활습관이고 내 선택일 뿐이다. 이후로 나는 구덕산을 밟으면서 나의 선택의 시점과 동기를 추적하기 시작하였다. 이런 저런 생각들이 오가던 끝에 내 기억은 고등학교 시절 한 점심시간 T와 벌였던 논쟁에 이르러 멈추었다.

그 때 우리는 채찍을 보기만 해도 달리는 말, 채찍으로 때려야 달리는 말 그리고 몽둥이로 때려야 달리는 말 중에서, 좋은 말이 어느 것이냐는 논쟁을 벌이고 있었다. 나는 채찍만 보면 달리는 말이 최고라고 주장하였다. T는 몽둥이로 때려야 달리는 말이 옳다고 주장하였다. 나는 말의 임무에서 해답을 찾은 반면 T는 말의 자유에서 해답을 찾았다. 이후 20년 나는 실제로 채찍만 보고도 달리는 말로 살았다. 대학진학 준비할 때도, 의과대학에서의 시험공부 때도, 그리고 논문을 쓸 때도 보이지 않는 채찍이 두려워 내쳐 달렸다. 나를 둘러싼 사회만 보였지 자연은 보이지 않았다. T는 채찍과 몽둥이가 있는 사회를 아예 떠나 버렸다. 책만 읽고 사는 삶을 꿈꾸더니, 고향으로 숨어 자연에 파묻혀 살았다.

그러던 T가 마흔이 다 되어 사회로 복귀하였다. 도시에 돌아와 직장을 가지고 가정을 꾸리면서 그는 20년 전의 논쟁에서 물러났다. "이제야 네 판단에 동의한다. 결국 말은 달리는 것이 본분이니까. 너는 말이 달리는 것이 사명이라는 것을 일찍부터 알았고…" T와의 이 대화 이후 나는 다음 십 년도 같은 태도로 살았다. 사회적 존재로 본분을 다하고 책임을 다하기 위하여 채찍의 실체가 있든 없든 또 달렸다. "즐거운 일 보다는 임무 우선"이라는 사회적 생활원리를 자랑하며 30년 내쳐 달리는 동안 마냥 뿌듯하기만 하였다.

이번의 혹독한 경험 덕에 사회적 존재로만 살아 자연적 존재에 무감하였던 지난 30년을 돌아보게 되었다. 30년 전 나와 T의 선택 어느 일방이 옳다 할 수는 없다. 결국 균형의 문제이다. 사회적 생활원리로도 살다가 자연적 생활원리로도 살아 갈 수 있었으면 좋았을 것이다. 시기의 문제일 수도 있다. 젊어 사는 방식과 나이 들어 사는 방식이 다를 수 있다. 이런 결론에 이르고 나서 이제 내 50대 자연과학자로서의 삶을 위해 네 번 째 말(馬)을 추가한다.

"채찍만 보고 스스로 달리기도 하지만 어떨 때는 몽둥이로 맞을 때까지 버티는 말"

# 2장

–

# 낭만에 대하여

# 낭만에 대하여

칼럼 게재 요청에 응하고 말았지만 글감이 따라 줄까 염려되었다. 임상의학자라면 독자들 관심이 많은 건강 관련 내용으로 지면을 메꿀 수 있겠지만 나는 기초의학연구자이다. 며칠 동안 부담을 느끼고 있었는데 벌써 첫 원고 제출 요구가 왔다. 무슨 주제로 글을 써야하나 고민하며 컴퓨터 앞에 앉는데 방금 들어온 이메일 주소가 눈에 확 들어왔다. romance***@. 로망스. 낭만이다. 여느 사람처럼 진부한 영문이름 이니셜 대신에 이분은 자신 주소에 낭만을 내세웠다. 마침 연구실 앞 정원을 내려보니 화사한 봄 꽃들과 짙푸른 나무들로 교정 풍경도 낭만적이다. 그래, 오늘 글감은 낭만이다!

18세기 말 부터 19세기 중엽 유럽에서는 낭만주의 문화 예술 사조가 흥행한다. 이성을 중시하던 계몽주의가 18세기말 프랑스혁명이란 성과를 내자 사람들은 비합리적인 정치체제를 이성으로 타파하였다고 의기양양하였다. 그러나 혁명은 곧 인간의 취약한 면과 폭력적인 면을 보여 주었고 사람들은 절망하였다. 합리주의 자체가 신뢰를 잃자 사람들은 지성보다는 감성을 중시하게 되었다. 각자의 개성을 살려 민감한 감수성과 풍부한 상상력이 드러나게 되면서 예술은 상상력을 중시하였다. 낭만주의시대가 도래한 것이다. 예술작품들로 사람들의 감성은 풍부하여졌다. 낭만주의 운동은 예술사조에 국한되지 않았다. 사람들 마음에는 냉혈적인 이성보다는 더 따뜻하고 화려한 세계관이 자리잡게 되었다. 낭만주의가 좋은 일을 한 것이다. 반면 낭만주의는 사회 전반을 반합리주의적이고 주정주의적이며 다소 신비적인 사조로 이끌기도 하였다. 역사서술도 이전의 과학적 서술에서 문학적 서술로 방향을 틀었다. 당시 유럽 젊은이의 국가주의적 정치 이상 출현 역시 낭만적인 모험이었다.

낭만주의 운동은 독일 의학의 모습도 뒤틀리게 하였다. 겨우 2세기 전 과학혁명의 시대가 열렸고 과학은 비로소 낡은 철학적 유행에서 벗어 나려고 하는 시점이었다. 그즈음 근대의학도 걸음마를 시작하였다. 파리에서는 거대 병원이 건설되고 파리 임상학파라는 현대의학의 기반이 마련되고 있었다. 하지만 낭만주의 영향으로 라인강 동쪽 의학은 요동치기 시작하였다. 독일에서의 과학은 자연과학 전체를 체계화하는 경향을 띠었고 의학도 점차 이를 추종하였다. 모든 자연현상이 형이상학적 원형에 들어 맞아야 하듯 의학 이론도 마찬가지였다. 의학은 관념적인 이론으로 체계화 되어갔다. 흥분, 전기, 자기, 산소 등이 건강과 질병을 설명하는데 과도하게 일반화되어 도입되었다. 의학이 관념적인 것으로 변하자, 중세철학에서 겨우 벗어났던 의학은 건강과 질병을 철학으로 설명하는 학문에 불과하게 되었다. 사변적인 정신은 신비주의나 귀신학으로 떨어져 악마가 질병의 원인이라는 기독교 병리설을 낳기도 하였다. 이런 의학들이 당시에는 놀랍게도 헤아릴 수 없는 지지자들을 거느렸다. 그리고 장기간에 걸쳐 치료를 지배하였다.

낭만주의 발흥 한 세기가 흐른 후, 히틀러는 낭만주의 대표 음악가 바그너의 음악들을 이용하여 게르만민족의 광기를 부추겨 나치 지지를 이끌어 내었다. 독일에서 낭만주의는 독일 국민들을 파국으로 몰고가는데 기여한 것이다. 그와는 반대로 독일에서 낭만주의의학의 결말은 해피엔딩으로 귀결된다. 당시 감상적인 시대에도 대부분 의학자들은 냉정하고 의연하게 버티었기 때문이다. 그리고 근대과학정신으로 무장한 기라성같은 독일의학자들의 출현이 이어졌다. 마침내 19세기 후반 독일은 X선의 발견, 세균학의 발흥 등으로 현대의학의 본산으로 탈바꿈하였다.

백 수십 년 전에 독일 땅에서 스쳐가고 말았던 낭만주의의학을 2014년 봄 뜬금 없이 꺼내 든 이유가 있다. 낭만주의의학의 문제는 현재 우리의 문제이기 때문이다. 과학을 이해하는 측면에서 우리 국민은 꽤 관념적이다. 관념주의는 실증주의와 대립한다. 건강과 질병이론을 아주 단순화된 체계로 설명하면 사람들은 잘 받아 들인다. 치료법 역시 단순화시켜 물/소금/자석/소변/금식요법 등이 성행한다. 이들 모두 사변적사고로 의학을 변이시켰던 낭만주의의학과 궤를 같이 한다. 몇 년전 단순화된 배아줄기세포 이론은 너무 손쉽게 대중의 지지를 끌어내었다. 개인 뿐 아니다. 우리 사회 전체는 실증적 비판이라는 여과장치를 제대로 갖추지 못하였다. 보도와 교육 여러 측면에서 이런 취약함은 빈번히 드러난다. 근래에 현대의학은 지나친 자연과학적 경도로 비판을 받고 있다. 하지만 우리나라에서는 이런 비판에 앞서, 개인과 사회의 척박한 근대과학정신부터 돌아보아야 한다는 것이 나의 생각이다.

그렇다고 낭만주의에 시비를 걸려는 의도는 전혀 없다. 낭만주의는 인류에게 환상적인 상상력의 세계와 따뜻한 감성을 가져다 주었기 때문이다. 슈베르트, 슈만, 멘델스죤의 음악을 들먹이지 않아도 된다. 가수 최백호의 노래 가사처럼 궂은 비, 옛날, 슬픈 뱃고동 소리 같은 낭만적 기억들 만으로도 비어있는 가슴은 채워진다.

낭만은 두 얼굴을 가졌다.

# 1453년 5월

행사의 달 5월이 돌아왔다. 가정 행사가 줄을 이어 늘어선다. 나는 5월에 결혼하였고 아들이 5월에 태어나 기념일이 더 보태어졌다. 게다가 평생 공부하고 가르쳤으니 스승의 날 행사도 그냥 넘어가지지 않는다. 내게는 너무 버거운 5월이다. 그러나 콘스탄티노플이 5월에 함락되었다는 역사를 알게 된 이후로 나는 5월을 각별히 반기며 맞이하게 되었다.

330년 콘스탄티누스 대제는 로마제국을 동쪽으로 옮긴다. 도시 비잔티움은 동로마제국의 수도가 되며 콘스탄티노플로 이름이 바뀐다. 476년 게르만민족의 진군으로 서로마제국이 멸망하자 비잔틴제국은 그리스 로마 문명의 계승지가 되었다. 537년 유스티아누스 황제가 이 도시에 낙성된 걸작 소피아대성당을 바라보며 "솔로몬, 내가 당신을 능가하였소"라는 자부심 넘친 탄성을 지을 때 동로마제국과 이 도시의 위상은 절정에 이른다. 이후 흑사병 만연으로 서로마제국 원정이 불발되고 아랍과의 끊임없는 전쟁으로 비잔틴제국은 쇠퇴의 길을 걷게 되지만 콘스탄티노플은 끈질긴 생명력으로 천년 동안 존속하였다.

하지만 도시의 최후는 점차 다가오고 있었다. 신생 오스만 투르크 제국이 발칸 제국을 넘어 콘스탄티노플에 접근하였다. 1453년 4월 탄 메흐메드 2세가 이끄는 오스만 투르크의 10만 군사가 도시를 포위한다. 도시는 50일 동안 버티었지만, 1453년 5월 어느 날 밤 마침내 거대한 성벽은 오스만 투르크 병사들에게 길을 터주고 만다. 콘스탄티노플은 함락되고 모든 것을 잃었다. 이름은 이스탄불이 되었고, 소피아대성당은 모스크로 바뀌었다.

하지만 그리스로마문명이 통채로 사라지지는 않았다. 멸망 이전 수 세기 동안 그리스로마문명은 지속적으로 서로마의 옛 고토로 되돌아가고 있었다. 그리스로마문명은 귀환한 유럽에서 르네상스로 부활한다.

르네상스 당시 예술가들은 흥미의 중심을 인간에 두었다. 미술가들은 인체 외형 이상을 원하였고 레오나르도 다 빈치 등은 인체의 내부 구조를 살피기 시작하였다. 서양에서 1천년 이상 중단되었던 인체해부가 다시 행해지기 시작하였다. 르네상스가 시체 해부를 용이하게 하여 주자 의학으로서의 해부학이 꿈틀대기 시작하였다. 이 때 주인공 해부학자 베살리우스가 등장한다. 브뤼셀 출신으로 인체해부 여건을 찾아 이탈리아에 찾아온 베살리우스는 파도바대학에서 해부학 연구에 매진한다. 콘스탄티노플이 멸망하고 정확히 90년 지난 1543년 베살리우스는 마침내 "인체의 구조에 대하여"라는 기념비적인 해부학교과서를 간행한다. 그는 이 저서를 통하여 천년 이상 지배하던 갈레노스의 인체구조에 대한 이론이 잘못 되었음을 밝혔다. 이 책이 서양의학의 근간을 뒤흔든 것이다. 갈레노스의 해부학 붕괴는 갈레노스 의학 전체의 붕괴를 가져오게 된다. 천년 이상을 지배하여온 갈렌의학이 붕괴되면서 서양의학은 비로소 침묵에서 깨어난다. 최초의 근대적 천문학자 코페르니쿠스가 "천체의 회전에 대하여"를 간행하여 근대물리학의 시발점이 되었던 1543년 바로 그 해에 근대의학 역시 출발의 발걸음을 내디딘 것이다.

베살리우스 이후 수 세기 동안 의학의 이야기는 해부학이야기이기도 하다. 17세기 초 윌리엄 하비는 심장과 혈액의 운동에 대한 해부학적 고찰을 통하여 혈액 순환의 원리를 설명하였다. 해부학자 모르가니는 질병의 발생부위를 찾아 나섰고, 장기의 병소가 질병을 일으킨다는 위대한 발견에 이른다. 이전까지 질병은 환자가 호소하는 증상을 의미하였다. 하지만 모르가니 이후 질병은 몸의 어느 장기에 존재한다는 실체적인 무엇으로 변하였다. 질병이 어느 장기에 존재한다는 개념은 근대 서양의학의 질병론을 바꿔 놓았다. 질병이 존재하니 두드려 질병이 위치하는 곳을 찾으려는 타진법이 정립되었고, 질병고유의 소리를 들으려는 청진법도 정립되었다. 질병을 현미경과 방사선 영상으로 관찰하게 된 것도 모두 질병이 해부학적 국소부위에 존재한다는 질병론에서 출발한 것이다.

근대 서양의학의 바탕을 놓은 해부학 연구의 발걸음은 오래전 종착역에 닿았다. 수 많은 해부학자들이 인체의 구조를 열정적으로 탐구하고 보고한 결과 주요한 인체의 구조는 한 세기 전에 이미 다 밝혀졌다. 일부 응용영역을 제외하고는 해부학자는 더 이상 해부학을 연구하지 않는다. 나의 연구영역인 세포사 역시 전통적인 해부학 분야는 아니다. 그러나 해부학 연구 중단과 무관하게 해부학은 현대 서양의학의 중심이다. 지금도 의학도들은 입문기에 많은 시간을 해부학 공부에 바쳐야 한다. 몸의 구조를 이해하여야 기능도 이해가 되고 질병도 이해가 되기 때문이다.

의과대학을 졸업하면서 해부학자의 길을 걸은지 30년이 넘었다. 해부학은 내 직업이 되었고 올해도 후학들에게 해부학을 강의하였다. 1453년 5월 콘스탄티노플의 함락이 나에게 평생 직업을 가져다 준 덕택이다.

# 교육이냐 사육이냐

20세기 후반기에 생명과학에서 획기적인 업적을 이룬 과학자 몇몇은 그들의 성취에 도취되었는지 생명과학기술의 가능성에 대해 지나치게 오만한 태도를 취하게 되었다. 복제양 돌리를 생산한 이안 윌마트는, 시도와 오류가 점철된 복제과정을 설명하는 책을 출간하며 「제2의 창조」라는 어마어마한 제목을 붙였다.

이 제목은 수사학적 수준을 넘어서 과학적 지식을 단순한 지성 이상의 신비한 위치로 끌어올리려는 의도를 드러내고 있다. DNA 이중나선구조를 밝혀 분자생물학에서 큰 족적을 남긴 왓슨은 "자녀를 건강하고 똑똑하게 하기 위하여 유전자를 추가하지 말아야 할 이유가 없다"고 서슴없이 주장하였다. 자신의 학문적 업적을 디딤돌 삼아, 자신의 견해를 한치 의심없는 과학적 보편진리로 격상시키는 발언들이다. 이들의 생각은 우수한 인간을 지향하는 우생학적 경향을 부추기고 인간복제를 정당화할 수 있어 매우 위험하다.

나는 배아복제를 반대한다. 내가 강의하는 발생학 교과서는 수정-배아-태아-출생의 전 과정은 연속됨을 보여준다. 수정란은 이미 완벽한 DNA프로그램을 가진 인간이며 어느 한순간 중단도 없이 출생까지 이른다. 배아복제 찬성자들은 수정 후 일정 시점(약 2주)을 정하여 그 이전에는 배아를 희생하여도 인간의 존엄성에 영향을 미치지 않는다고 주장한다. 하지만 나는 어느 한 시점 전후로 인간의 존엄성이 배아에 부여된다고 생각하지 않는다. 따라서 배아복제찬성자들의 주장을 받아들일 수 없다. 하지만 신념 만으로 이 논쟁을 넘길 수는 없다. 배아복제는 매우 복잡한 법적, 철학적, 종교적 논쟁을 담고 있기 때문이다.

법학의 영역에서는 수정란과 배아 자체를 법적 권리의 보호 대상으로 보지 않는 경향이 일반적이다. 연구허용으로 파생될 부정적 결과를 염두에 두고 배아보호 입법이 추진되지만, 배아 자체에 법적 지위를 부여하는 것에서 출발하지는 않는다. 법이 일어난 일에 책임을 묻는데 주로 집중하므로 복제기술 자체를 제재하기도 용이하지 않다. 종교적인 견해는 믿음에 의하여 취하여 지므로 상충되는 주장이 접점을 찾기는 어렵다. 결국 배아복제 문제에 대한 근본적인 성찰과 해결방안은 철학적 윤리적으로 도출될 수밖에 없다.

 누군가는 과학 문제를 왜 철학적 윤리적으로 성찰해야 하느냐 질문을 던질 수 있다. 그러나 배아복제 문제는 인간 존재에 대한 질문을 던진다는 점에서 철학적 주제이다. 인류의 현실적 문제로 다가 왔으나 윤리적 합의에 이르지 못하였다는 점에서 윤리적 주제이다. 일부 생명과학자들은 생명과학적 이슈가 철학적 윤리적으로 성찰되는데 대하여 거북해 하는 경향이 있다. 그들은 과학문제는 과학 내부에서 풀면 되지 않겠느냐고 소박하게 희망한다. 대중들도 의아하다는 반응을 보이기도 한다. 하지만 현대 과학은 가치 중립적일 수 없다. 현재의 철학 틀로는 배아복제 문제에 답을 얻을 수 없기 때문에 현대 철학자들은 생명공학적 문제에 깊은 성찰을 계속 보태고 있다.

 이런 중에 독일의 철학자 슬로터다이크는 인간농장을 언급하며 유전자조작을 통한 신인류 창조를 들고 나왔다. 이에 대하여 많은 사람들이 경악하였으나, 인간사육이 인간교육과 다를 바 없지 않느냐는 논쟁은 여전히 진행 중이다. 간단히 다루기 어려운 매우 위험한 주제이지만 유전자조작을 통한 인간사육에 반대하는 주요 논리를 나열하면 다음과 같다.

인간은 자율적으로 행위하는 인격이므로 존재의 자율은 어느 누구도 침범하면 안된다. 인간개선의 필요 불필요를 결정할 주체도 결정기준도 없다. 교육이 사육으로 대체되면 인간의 자연스러운 성장도 방해를 받는다. 질병치료라는 선한 목적을 내세우더라도 인간의 사물화는 인간을 목표자체가 아닌 수단으로 보는 경향을 낳으며, 인간존엄성 파괴에 이른다. 인간을 사육자와 피사육자로 구분하는 순간 인간의 평등원칙도 깨어진다. 자율적인 인격들의 상호관계에 기술이 끼어드는 것은 잘못이다. 도덕유전자란 없으며 도덕은 인간이 배우는 것이다. 인간의 자기 이해는 유전자에 의하여 결정되지 않는다.

　인간복제에 대한 논쟁이 벌어진 현장에 만약 내가 선다면 "사육X. 교육O"라는 마스크를 쓰고 있을 것이다.

# 구명사

태종대 모자상전망대 건립 이전 나는 여러 차례 자살바위 위에서 아래를 내려다 보았다. 수직에 가까운 아찔한 바위 절벽을 한 참 눈으로 따라 내려가면 파도는 바위에 장렬히 몸을 던지고 하얀 포말로 부서져 사라졌다. 깎아 지른 바위와 파도의 장렬한 소멸에 취해있으면 그 몽환적 분위기에 마치 혼이 구천에 흔들리는 듯 어지러움을 느꼈다. 다리에 힘이 빠져 주저앉기도 하였다.

한 해 수십 명까지 몸을 던지자 자살바위는 사회적 문제가되었다. 정영숙 보살은 자살바위 옆에 천막식 암자를 세웠고, 그 암자에서 자살바위 위를 주시하다 사람이 발견되면 다가갔다. 제 목숨 스스로 끊으려던 많은 사람들은 돌아가 다시 삶을 영위하였고 이 암자는 구명사가 되었다. 현재는 전망대 조금 떨어진 곳으로 장소를 옮겨 정보살의 후손이 대를 잇고 있다.

세포도 자살을 한다. 세포의 죽음은 타살이 전부라는 생각이 지배하여 왔다. 그러나 1972년 일군의 학자들은 세포는 개체의 항상성을 유지하기 위하여 필요하면 자살한다는 이론을 제기하였다. 손가락이 발생할 때 세포 자살은 극적으로 일어난다. 발생의 일정 시점에 이르면 손가락이 될 부분에서는 연골이 형성되는 반면, 연골 사이에 마치 물갈퀴처럼 자리하고 있던 손가락 사이 세포들은 자살기작을 작동하여 죽어버린다. 또다른 극적인 예는 면역세포의 발생과정 중 일어난다. 면역 세포 중 자기 몸을 공격할 수 있는 면역세포는 발생의 어느 시기에 모두 사라져 버린다. 출생 후 면역세포는 남의 콩팥을 이식받으면 공격하고 거부하지만 자신의 콩팥은 전혀 거부하지 않는데, 이유는 그런 세포는 발생 시에 이미 자살로 사라져 버렸기 때문이다.

세포는 스스로 자살할 수 있는 기작을 가지고 있으며 필요 시에 자살기작을 작동시켜 스스로 능동적으로 죽기 때문에 개체는 생명을 효율적으로 유지할 수 있다. 발생 중의 손가락 사이 세포를 모두 타살로 죽여야 한다면 죽는 세포 만큼 타살 도구든 타살 장치가 필요할 것이다. 하지만 세포는 스스로 사라져야 한다는 신호를 받으면 자살로 사라지니 매우 효율적인 체계를 갖추었다고 할 수 있다.

유기체의 항상성을 유지하기 위하여 생명의 단위인 세포가 자살한다는 개념은 생명과학자들을 열광시켰다. 세포가 죽는 기작에 대한 연구결과가 쏟아져 나왔다. 이런 중에 일군의 과학자들은 색다른 질문을 하였다. 세포는 자살신호가 오면 반드시 자살하고 마는가? 아니면 세포 내부에 자살을 막는 어떤 기작은 작동하지 않는가? 만약 세포가 자살을 막는 기작도 가지고 있다면, 세포의 생사는 세포를 자살로 이끌고 가는 기작과 자살을 막으려는 기작이 상호작용 하여 어느 경우에서는 죽고 어느 경우에서는 살 것이다.

세포사(cell death) 연구자들은 이에 대하여도 답을 내놓았다. 세포가 죽어야 될 상황이면 미토콘드리아 내에 존재하는 시토크롬c 분자가 고유의 위치에서 떨어져 나와 미토콘드리아 밖 세포질로 나간다. 이는 자살하려는 힘이다. 시토크롬c는 세포질에서 케스파제 효소를 활성화시켜 세포핵 내 DNA를 조각내고 여러 단백들을 파괴하여 궁극적으로 세포는 죽고 만다. 이어서 자살하려는 세포를 말리려는 기작도 미토콘드리아 내에 존재한다는 것이 밝혀졌다. 미토콘드리아에 존재하는 bcl-2 단백들은 시토크롬c 분자가 미토콘드리아를 떠나지 못하도록 막는 역할을 한다는 사실이 밝혀진 것이다. 추가로 세포 내에는 케스파제의 활성을 막는 IAP 분자와 같은 세포사 예방인

자들이 존재한다는 사실도 속속 밝혀졌다. 세포가 자살하려는 장치도 잘 갖추고 있지만, 죽으려는 세포를 죽지 않고 살리려는 장치도 잘 갖추고 있다는 사실이 밝혀진 것이다.

우리 몸은 세포를 자살로 이끌어 가는 존재와 자살을 막으려는 존재들의 힘의 균형에 의하여 항상성이 유지된다. 자살바위 위에서 딛고 있던 발을 떼어내어 몸을 던지려는 존재가 시토크롬c와 케스파제라면, bcl-2분자나 IAP 분자들은 구명사 정영숙 보살처럼 이를 막는 존재인 셈이다.

세포의 생사는 자체로 놀라운 은유이다.

# 위기의 귀납

관찰되는 것만이 지식의 근거로써 자격이 있다는 믿음을 경험론이라고 한다. 모든 지식은 감각경험에서 나온다는 인식론적 자세를 의미한다. 경험철학자들은 과학을 관찰, 정밀, 실험, 추론, 일반화로 특징짓는다.

과학은 이론적 편견을 버리고 관측으로 시작하여 지식을 쌓자는 경험주의 철학 편에 섰고, 관찰과 실험을 통하여 얻은 사실을 추론하여 일반화하는 귀납은 과학의 지표가 되었다. 그리고 경험철학자들의 궤를 따라 과학자들은 관측을 기반으로 귀납적으로 추론하여 과학혁명을 이루어 나갔다. 의학 역시 과학의 모습을 띠게 된 19세기 중엽부터 귀납적 추론을 추종하였다.

오래전부터 귀납적 추론에 대하여 의문이 제기되었다. 귀납적 추론은 개개의 경험적 사실들을 모아 일반화한다. 따라서 귀납이 도전을 받지 않으려면 개개의 경험적 사실을 모아 추론하여 일반화하는 것이 논리적으로 모순되지 않아야 한다. 그런데 귀납적으로 추론된 지식이 반드시 참이라는 논리적 보장이 없다. 무게를 가진 물체를 던지면 땅으로 떨어진다는 개개의 관찰이 모였다 하더라도, 무게를 가진 물체가 땅으로 반드시 향한다는 논리적 보장은 없다. 위산이 분비되지 않으면 궤양이 없다는 관찰은 보편적인 것 같지만, 이것이 자연의 법칙이 되는 것은 논리적으로 타당하지 않다.

귀납이 도전을 받지 않으려면 개개의 관찰이 참이어야 한다. 그러나 이에 대하여도 집요한 의문이 제기되었다.

우선 감각은 사실과 다르게 관찰할 수 있다. 안경 착용자의 뇌는 시야를 가리는 안경테를 아예 없는 것으로 인지하여 버린다. 이처럼 사람은 흔히 감각을 왜곡해 버리는 것이다.

또 사람이 지각한 것을 이해하는 과정에서 이론이 개입한다. 만성간염 환자의 간 조직을 관찰한다고 하자. 간병리에 대한 지식을 가진 사람은 간세포와 담즙 통로 사이에서 많은 염증세포의 침윤을 관찰해 낼 것이다. 하지만 의학적 이론이 없는 일반인은 형형색색으로 다른 차림을 한 사람들이 마치 야구장을 빼곡히 메운 것 같다는 느낌을 받을 뿐 염증세포의 침윤 등을 관찰할 수 없다. 이처럼 관찰에는 이미 이론이 적재되어 있다.

심지어 많은 관찰은 오감을 사용한 직접관찰이 아니다. 의사들은 방사선, 초음파, 심전도 등 감각을 넓히고 증폭시키는 기기를 사용한다. 간접적인 방법으로 직접 지각할 수 없는 상을 만들어 낸 것이다. 이는 직접 관찰하고 추론한다는 경험론적 원리에 위반이 된다. 뿐만 아니라 관측기구는 이론에 근거하여 작동하므로 관측기구가 제공하는 정보는 사실을 그대로 수집하였다고 하기 어렵다. 귀납은 허점 투성이다.

귀납의 허점은 또 다른 여러 가지 의문을 생산해 낸다. 우선 인과성에 대하여 의문을 제기한다. 더우면 땀을 흘린다는 관찰을 수집하였다 하더라도, 온도가 높은 것이 땀의 원인이라고 인과성을 수립할 수 있느냐는 의문이 제기된다. 한 철학자는 단지 연속되어 나타날 뿐인 이런 현상에 인과성을 부여하는 것은, 인간이 부당하게 외부세계에 대하여 확장하여 생각하는 정신적 습관이라고 하였다.

사실 모든 자연의 법칙 조차도 우리가 관찰한 것을 가능한 간략하게 묘사한 것에 불과할 뿐 사실 그대로가 아니라는 지적도 있다.

  귀납을 통하여 도달한 객관성의 의미도 도전받는다. 객관적
이려면 관찰자와 독립하여 존재하는 무엇이어야 하는데 귀납
으로 이른 결론은 객관적이라는 보장이 없다. 따라서 객관성도
타인에 의하여 검증이 가능한 것 정도로 의미가 약화되어 버렸
다. 과학을 받쳐 주는 귀납의 권위는 의외로 허약하다.

  수립한 자연법칙을 통하여 미래를 예측한다는 귀납의 목표도
비판받는다. 이 목표는 미래가 과거를 반영할 것이라는 원리에
의거하는데, 우리가 과거에 예측한 것이 옳았다는 경험을 하였
다 하더라도 과연 미래에도 그럴 것이라는 예측은 논리적으로
불가능하다.

  개별 관찰로부터 일반이론으로 비약하는 것이 논리적으로 틀
리고, 관찰 자체도 반드시 진실을 전달하지 않는다고 도전을
받는 귀납. 귀납은 위기의 철학이다. 귀납의 법칙을 따라 30년
연구하고 저술한 나는 위기의 과학자다.

# 김점동 학생!

의예과 신입생 대상 의학사 강의 첫 시간이면 학생들 이름 하나 하나를 부르고 그들의 얼굴을 익힌다. 여학생이 얼마나 되는지도 관심사이다. 요즈음은 보통 절반이 여학생이다. 나의 대학 동급생 중 여학생은 5%에 불과하였다. 내 조교 첫해에 는 여학생 비율이 25% 정도 되었고 약 15년 전부터는 입학생 중 절반이 여학생이다. 양성되는 의사의 절반은 여성이라는 사실은 전 세계적 추세인데, 여의사 탄생 초기의 분위기를 볼 때 획기적이라 하지 않을 수 없다.

미국에서는 1849년 최초의 여의사가 탄생하였다. 엘리자베스 블랙웰이다. 여성입학을 허락하지 않는 미국의 의과대학에서 연속적으로 입학이 거부된 그녀가, 뉴욕의 제네바 의과대학에 입학이 허락된 것은 학교 당국이 밝힌 데로 '시범적'인 혜택이었다. 블랙웰은 재학 중에도 해부학 강의실이나 임상실습실 출입을 금지당하는 등, 그녀의 의학을 전공하는 과정은 험난하였다. 마침내 미국에서 최초의 여의사가 되었지만 그 이후 여의사로서의 여정도 순탄하지 않았다.

의료계와 사회의 냉대 속에서 그녀는 투쟁적으로 여의사의 자리를 개척하여 나갔다. 그녀의 모교마저 여성의료인 양성을 '실패'로 규정하고 여성에게 문을 닫았지만 그녀는 여성들에게 의료인의 꿈을 포기하지 말 것을 말로 행동으로 보여주었다. 19세기 후반에도 여전히 대부분의 의과대학에서 배움의 문은 여성에게 닫혀 있었다. 그즈음 미국 여성은 여성에게 보다 우호적인 유럽에서 의학을 공부하였다. 하지만 블랙웰 등의 노력으로 여성의과대학들이 신설되면서 갈등을 풀어주기 시작하였다. 이런 환경은 한국 여성의료인 탄생에 기여한다.

한국 최초의 여성의사도 미국의 여성의과대학에서 탄생하였다. 그녀는 박에스더로도 불리는 김점동이다. 김점동은 1900년에 의사가 되었다. 서재필이 최초의 한국의사가 된 해가 1893년이고 근대화가 빨랐던 일본에서의 1호 여성 의사 탄생이 1885년임을 감안하면 우리 여성의사 탄생은 비교적 빨랐다.

김점동은 인연이 닿아 윌리엄 홀과 부인 로제타 홀의 한국

내 선교활동을 도왔다. 윌리엄이 사망하고 귀국길에 오른 로제타의 눈에 그녀가 밟혔다. 로제타는 김점동과 그녀의 남편 박유산을 미국으로 불러 교육 기회를 제공한다. 1896년 김점동은 볼티모어 여자의과대학에 입학하였다. 함께 도미한 남편 박유산은 아내가 공부에 더 자질이 많다는 것을 알고 자신을 희생하기로 결심한다. 박유산은 농장과 식당에서 일하면서 아내의 학업을 도왔다. 그러나 노동에 지친 박유산은 폐결핵으로 미국에서 숨지고 말았다. 아내의 졸업시험 3주 전 일이었다.

미국에서 의사가 된 김점동은 불행을 뒤로 하고 조선으로 달려왔다. 조국은 여성의료인에게 그리 배타적이 아니었다. 그녀를 필요로 하는 일은 조선에 널려 있었다. 그녀는 이 모든 일을 감당할 각오로 전국곳곳에서 분주하게 의업에 헌신하였다. 여성치료소와 간호양성소를 설립하였으며 맹아와 농아를 위한 특수학교들도 설립하였다. 기록에 의하면 그녀는 매년 5천명 이상의 환자를 돌보며 헌신하였다고 한다.

그러나 지나치게 몸을 혹사한 그녀에게 폐결핵이 찾아 왔고 그녀는 1910년 서른 넷의 나이에 세상을 떠났다. 그녀를 지켜본 로제타 홀은 자신의 일기에 "그녀는 날마다 나에게 새로운 인생을 배우게 한다"고 썼다. 그녀는 한국 최초의 여의사라는 사명감으로 숭고하게 헌신하다 이 세상을 떠났다.

한국의 두 번째 여성의사는 김점동보다 18년이나 지나 탄생한다. 이 후 아주 서서히 여성의료인들의 탄생이 늘기 시작하였다. 하지만 의학교육 과정이나 의료현장에서 여성은 항상 제약을 받았다. 소아과와 산부인과 등 몇몇 과에 국한하여 수련이 허락되었고 학계에의 진입 장벽도 너무 높았다. 20세기 초 걸출한 여성의료인이 활동하였던 나라 치고는 암흑기가 너무 길었다. 여전히 녹록하지는 않은 환경이지만, 여성이 외과 등에 진출하는 등 영역을 넓혀간다. 이제 여성의사에게 국민의 건강이 달려있게 되었다.

올해 신학기 개강 수업에서 출석을 부른다. OOO. 여성이름이다. 고개를 들어 학생 얼굴을 쳐다본다. 그녀에게서 '김점동'이 보인다.

# 아이돌과 베이컨

아이돌 시대이다. 자고 나면 새로운 아이돌 그룹이 등장한다. 현재 우리에게 아이돌(idol)이란 청소년들이 우상처럼 받드는 연예인이란 의미로 쓰인다.

참된 인식이라는 측면에서 아이돌은 부정적인 의미를 가진다. 원래 우상은 여러 자연물로 만들어 인간이 숭배하는 물체를 의미하였다. 철학적 의미에서 우상은, 진리를 인식하려는 인간과 실재하는 대상 사이에 끼어들어 인간의 참된 인식을 방해하는 그 무엇이다. 이 아이돌에 대하여 역사에 남는 이슈를 제기한 사람이 영국철학자 프란시스 베이컨이었다. 아는 것이 힘이다는 명제 만큼 그의 우상론 역시 널리 알려졌다.

베이컨은 참된 인식을 방해하는 4가지 논리적 편견을 우상으로 표현하였다.

첫째, 종족의 우상은 세상을 인간의 관점에서 이해하려는 편견을 의미한다. 인간이 기본적으로 가지는 이 고유한 편견은 자기 중심의 관점에서 판단하여 참된 인식을 방해한다. 둘째, 동굴의 우상은 동굴에 갇힌 사람처럼 개인적 경험이나 성격적인 특수성으로 인한 편견을 의미한다. 각 개인이 가지는 이런 편견 역시 참 진리를 인식하는데 장애가 된다. 셋째, 시장의 우상은 사람들이 모인 곳에서 쓰이는 잘못된 말과 소문으로 인한 편견과 기만을 의미한다. 언어는 생각에 영향을 미쳐 옳지 못한 판단에 이르게 한다. 넷째, 극장의 우상은 극장 무대를 향하여 환호하듯 전통이나 권위에 의존하고 환호하는 태도와 편견을 의미한다. 이는 지식이나 학문을 비판없이 받아들임으로써 진리에 이르지 못하게 한다.

베이컨은 이러한 네 우상들을 파괴하여야 진리에 이를 수 있다고 주장하였다. 그런데 베이컨의 우상론이 어떤 맥락에서 다루어졌는지를 알아야 그가 도달하고자 하는 진리가 무엇이었는지 제대로 이해할 수 있다.

베이컨은 주로 과학적 방법을 철학의 주제로 삼았다. 베이컨은 과학적 진실을 성립하는데 가장 중요한 것은 감각을 통한 직접 경험이라 믿었다. 그로 인하여 과학은 감각이라는 토대

위에 서게 된다. 이성보다는 감각을 더 신뢰한 경험철학은 이후 과학의 굳건한 토대가 된다. 그는 실험을 통하여 자연 자체를 질문의 대상으로 삼을 것과 감각을 통하여 확인할 것을 요구하였다. 그에 의하여 귀납은 자연법칙을 찾아내는 주요 원리가 되었다. 그가 과학적 방법론으로 나열한 관찰, 정밀, 실험, 추론, 일반화 등은 현대 과학을 특징 지우는 용어들이 되었다.

이렇게 과학적 방법론을 수립하는 맥락에서 그는 네 가지 우상을 언급하였다. 그는 이 우상들이 과학적 진리에 이르는데 방해가 된다고 주장하였다. 그리고 네 가지 우상을 중화시킬 수 있어야 진리에 이를 수 있다고 믿었다. 네 가지 우상론을 펼치면서 베이컨은 편견의 극복을 현대 과학적 방법론의 또 다른 중요 요소로 포함시키게 된 것이다.

16세기 말에서 17세기 초 그가 생존하던 시대 전 후로 이미 걸출한 과학자들이 출현하기 시작하였다. 하지만 그의 시대까지 과학방법론이 제대로 정립되어 있지는 않았다. 이때 베이컨이 펼친 과학적 방법론과 이 네 가지 우상론은 합리적인 판단을 위한 과학적 태도의 근간을 제시하였다고 평가받는다.

베이컨의 과학방법론은 그의 동시대부터 서서히 지지를 받기 시작하고, 이어지는 시대에는 넓고 확고하게 지지를 받았다. 그리고 기라성 같은 과학자들은 그들의 연구에 이 방법론을 적용하였다. 우상의 제거 그리고 감각과 귀납 위에서 지난 수백 년 현대 과학이 성장하였다. 베이컨의 혜안이 없었더라면 현대와 같은 과학문명의 시대를 맞이하는 데에 훨씬 오랜 시간이 걸렸을 것이다.

최근의 한류열풍은 우리 문화 영향력 확대라는 긍정적 효과를 가지지만, 청소년들이 너나없이 아이돌을 꿈꾸는 작금의 세태는 걱정이다. '우리들에게는 아이돌보다 과학자가 필요하다'는 슬로건 마저 등장하였다. 아이돌에 대한 대비로 과학자를 등장시킨 것은 짐짓 적절하다. 아이돌과 과학자는 역할도 다르지만 양성되는 길도 판이하기 때문이다. 마치 베이컨이 환생하여 이 슬로건을 외치는 것 같다.

예나 지금이나 아이돌과 베이컨은 물과 기름의 관계인가 보다.

# 생사의 간극

죽음은 지척에서 떠돈다 한다. 생사의 간극은 거리로도 짧고 시간으로도 짧다.

1993년 10월 10일 위도 앞바다에서 훼리호가 침몰하여 292명이 사망하였다. 당시 군대 한 부처의 장교 S씨는 일요일 당직근무로 야유회에 동행하지 않아 유일하게 살아 남았다. 아마도 며칠 혹은 몇 주 전 당직명령서가 통지되었을 때 그의 운명은 사에서 생으로 옮겨졌다.

사업차 일본 후쿠오카에 거주하는 P형은 2011년 3월 10일 오후 급한 개인사정으로 센다이 공항으로의 출발을 하루 미루었다. 원래 계획은 10일 미야기현에서 숙박한 뒤 11일 오후에 이시노마키항 부둣가로 나아가 정박 중인 선체 점검을 나가기로 되어 있었다. 원래 일정을 따랐다면 P형은 동일본대지진 쓰나미가 덮쳐 초토화된 이시노마키항에서 이생을 떠나고 말았을 것이다. P형의 생사는 단 하루 사이에 갈리었다. 지진이 발생한 11일 P형은 미야기현으로 향하기 위하여 센다이 공항으로 향하는 비행기에 탑승하였다. 센다이 공항에 착륙하는 기내에서 P형은 충격적인 장면을 내려다 보았다. 센다이 공항 활주로와 공항청사는 물에 잠겼고 사람들은 청사위에 피신하여 손을 흔들고 있었다. 비행기는 선회하여 간사이 공항에 착륙하였고 그는 살아 남았다. 11일 비행기 착륙이 조금 일렀다면 P형은 센다이 공항에서 최후를 맞았을지도 모른다. P형은 집요하게 따라붙는 죽음의 운명을 단 몇십 분 차이로 뿌리칠 수 있었다.

10년 전 내 친구 A는 밀린 일 때문에 귀가하지 못하고 재직하던 종합병원 길 건너 식당에서 저녁식사를 하다 심부정맥으로 쓰러졌다. 함께있던 동료가 황급히 업고 길 건너 병원 응급실에 도착하는데 걸린 시간은 7분. 도착 시 그의 심장은 멈춰 있었다. 의료진은 즉각 움직였지만 1/2단계 제세동기 자극에도 심장은 돌아오지 않았다. 다행히도 A의 심장은 마지막 300줄 자극에 반응하여 다시 뛰기 시작하였다. 그 때 그는 단 몇 분 사이로 생사의 간극을 넘나 든 것이다. A는 이후 체중을 줄이고 담배도 끊어 몸을 철저히 관리하여 지금도 생의 세계에서 건강하게 살아가고 있다.

나의 연구분야는 세포의 죽음이다. 1972년 일군의 연구자들은 세포가 능동적으로 죽는다는 개념을 발표하였다. 이 개념은 매우 신선하였지만, 세포의 죽음에 대한 후속 연구는 별 진전이 없었다. 세포분자생물학의 발달에 힘입어 많은 생명과학자들이 세포의 죽음 연구에 매달리기 시작한 것은 1990년대이다. 연구 초기 대부분의 과학자들은 세포의 죽음을 결정짓는 세포 내 중추는 당연히 핵이라고 생각하였다. 핵은 모든 생명현상의 중추이니 당연한 것 같았다. 그러나 1990년대 중반 세포의 운명을 결정하는 중추가 미토콘드리아라는 충격적인 연구결과가 발표되었다. 프랑스학자 귀도 크뢰머는 1995년 세포가 죽어야 할 환경을 감지하면 미토콘드리아 내막의 탈분극이 일어나 세포죽음의 신호를 당기게 된다는 증거를 제시하였다. 핵이 세포와 자신의 운명을 조절하는 중심기관이라는 기존 패러다임을 뒤엎는 놀라운 발표였다.

　이어 1996년 미국 에모리대학의 왕샤오동은 미토콘드리아에 대한 새로운 학설을 내 놓았다. 그는 미토콘드리아 내에 존재하는 시토크롬c 분자가 고유의 위치에서 떨어져 나와 미토콘드리아 밖 세포질로 나오면 이것이 세포를 돌이킬 수 없는 죽음의 길로 인도한다는 것을 밝혔다.

미토콘드리아는 세포호흡을 통하여 세포에 에너지를 공급하는 기관이다. 시토크롬c는 전자전달을 수행하여 이 세포호흡에 결정적 역할을 하는 분자이다. 그런데 세포생존에 필수적인 역할을 하는 시토크롬c가 세포 내 위치를 바꾸면 죽음을 부른다. 이런 야누스의 얼굴을 가진 분자는 생물계에 더는 없다. 과학자들은 한 동안 이 믿기 어려운 보고에 크게 당황하였다. 그러나 이는 의심할 바 없는 사실이 되었다. 우리 실험실에서도 죽어가는 세포에서 시토크롬c가 미토콘드리아 밖으로 빠져나가는 현상을 늘 관찰할 수 있다.

미토콘드리아 내막에서 세포질까지 거리는 단지 100만분의 2 밀리리터이다. 세포에서 생사의 간극은 지척보다도 훨씬 더 짧은 100만분의 2 밀리미터에 불과한 것이다.

# 은유를 찾습니다

　기존의 개념으로는 설명할 수 없는 새로운 과학적 개념을 창조할 때 은유가 동원된다. 원자모델이 처음 설명될 때 천체궤도는 훌륭한 은유로 사용되었다. 관측 불가능한 화학구조를 모델로 만들어 설명하는 것도 은유이다.

　현대의학의 치료방식을 은유하는 단어는 '마법의 탄환'이다. 몸에 들어온 범죄자인 질병을 탄환 같은 약물로 제거한다는 개념이다. 이 은유는 약 1세기 전 독일태생 의학자 에를리히가 사용하기 시작하였다.

　에를리히는 19세기 후반 색소가 조직에 각기 다른 친화성을 보이는 성질을 이용하여 조직절편을 염색하는 이론과 실제에서 탁월한 업적을 쌓았다. 이후 에를리히는 결핵균을 염색하는 방법을 고안하여 인류 최초로 결핵균을 관찰하게 되었다.염색과 관련된 이런 연구과정 덕분에 에를리히는 후에 베링의 항독소 연구의 협력연구자로 크게 기여한다. 독소와 항독소 간의 생물학적 반응은 순수 화학반응으로 연구될 수 있다고 믿은 그는, 베링의 디프테리아 항독소 치료를 유용하게 만드는데 크게 기여하였다.

이후 에를리히는 기존에 없었던 치료 개념을 수립한다. 그는 화학적으로 특이성을 가진 치료제를 사용하여 질병을 치료할 수 있을 것이라는 독창적인 이론을 창안하였다. 그리고 이것을 '마법의 탄환'이라고 불렀다. 이로 인해 '미스터 환상'이라는 비판을 받았으나, 화학물질이 생체 내의 특이한 공격점을 가질 것이라는 그의 신념은 확실하였다.

이를 위하여 수백 가지 화학물질의 특성을 연구하던 그는 3가 비소를 함유한 물질들이 약효를 발휘할 가능성이 있다는 것을 알게 되었다. 때마침 1905년 매독균의 원인인 스피로헤타균이 발견되었다. 에를리히는 매독균에 효과를 보이는 특효약을 찾기로 결심하였다. 환자의 세포에는 해를 미치지 않으면서 적군인 매독균을 공격하는 화학물질을 찾아 나선 것이다. 수많은 비소화합물을 조사한 끝에 에를리히는 606번째 화합물이 매독균에 대단히 큰 효과가 있다는 것을 발견하였다. 이로써 매독의 특효약이 발견되었다. 매독을 치료하는 '마법의 탄환'

이 탄생한 것이다. 에를리히는 화학요법의 창시자라는 영예를 얻었다.

'마법의 탄환' 은유는 감염병 정복 시대의 항생제라는 구체적 성과를 내었다. '마법의 탄환'은 은유이자 구체적인 실체가 되었다. 이후 한세기 동안 '마법의 탄환'은 서양의학 치료법의 확고한 은유로 자리매김 하였다.

그러나 인류가 감염병을 어느 정도 제어하게 되자 인류의 질병 양상이 급격히 만성병으로 변하였다. 복합적 질환인 만성병은 세균이 몸에 들어와 일으키는 감염병과는 달리 세균을 다스리는 '마법의 탄환' 같은 단순한 약으로 박멸되지 않았다. 수십년 전부터 양식있는 의료전문가들은 하나의 '마법의 탄환'으로 만성병의 원인을 제거할 수는 없다고 주장하기 시작하였다.

하지만 감염병 시대 '마법의 탄환'이 이룬 성과를 경험한 인류는 만성병 시대에도 이 익숙한 은유에 매달렸다. 인류는 알약 하나면 어떤 질병을 극복할 수 있을 것이라는 로망을 포기할 수 없었다. 인간유전체 지도를 찾아낸 서양의학은 분자생물학과 분자유전학을 총동원하여 각 질병에 대한 특이 치료법을 찾는데 혈안이 되어 있다. 질병을 일으키는 어떤 물질을 찾았으며 이를 표적하여 치료하면 질병을 극복할 것이라는 보도가 떠들썩하게 이어진다.

하지만 복합적인 만성병은 특이 분자 하나에 의하여 유발되는 것이 아니며, 특이 약물 하나로 이를 다스릴 수도 없다는 것이 조심스런 의학자들의 중론이다. 그리고 만성병 시대의 치료목적은 세균과 같은 적군을 제거하는 노력에서, 증상을 치료하고 정상에 가깝도록 돕는 치료로 옮겨가야 한다고 주장한다. 그러나 '마법의 탄환' 은유는 과학과 의학에 대한 인류의 기대 속에 각인되어 있어, 원인을 제거하는 명백한 특이치료가 제시되지 못하면 현대인은 만족하지 못한다. 1세기 전 수립된 '마법의 탄환' 은유는 만성병 시대에 들어서는 의료인을 누르는 무거운 굴레가 되어 버렸다.

이제는 '마법의 탄환' 은유를 벗어나야 한다. 원인제거 대신 증상을 완화하고 정상에 가깝도록 돕는다는 다른 은유를 현대 의학이 찾아나설 때다.

# 의대에서 왜 철학을 배웁니까?

내가 재직하는 의과대학의 학생들은 의예과에서부터 의학과에 걸쳐 다양한 철학과목들을 수강한다.

20년 전 의예과에 「의학과 철학」 등 인문학 교과목을 개설할 때 역풍을 많이 받았다. 특히 내외에서 "의과대학에서 철학을 왜 배우느냐"는 질문이 쏟아졌다. 이미 지난 세기 중엽부터 의과대학에서의 철학 수업을 강조하는 목소리가 높았지만, 자연과학을 기반으로 한 현대의학 교육과정에서 철학 교과목을 위한 자리를 내는 것은 이처럼 쉽지 않았다.

그러나 이제는 환경이 많이 변하였다. 의료인문학 과정을 확충하고 의철학을 교과목으로 신설하여 가르치는 의과대학들이 늘고 있다.

최근 의철학 관련 학문이 부흥기를 맞았지만 고대로부터 의학과 철학의 간극은 그리 넓지 않았다. 고대의학이 자체로 철학적 요소를 포함하였을 뿐 아니라 수많은 과거 철학자들은 의학을 철학적 관심의 대상으로 보았다. 고대 소크라테스와 그리스 철학자들은 자신들을 영혼을 치료하는 사람이라고 여겼다. 근대 철학자 데카르트는 의학을 지식 나무의 가장 높은 가지라고 생각하였다. 현대 들어서는 비트겐슈타인과 그 추종자들이 철학을 일종의 의미치료로 여겼다.

철학자들의 기호를 자극한 의학적 주제는 다양하였다. 육체와 마음의 관계는 전 역사 기간 동안 철학적 주제였다. 생기론과 기계론도 주요한 주제였다. 생기론은 생명현상의 유기적 과정 자체를 특이한 자율성의 결과로 보고 합목적성을 인정하는 견해이다. 반면 기계론은 생명현상이 무기물계를 지배하고 있는 것과 같은 물리적 화학적 법칙을 기초로 한다는 견해이다. 철학자들은 이 두 이론의 상대적인 비중을 놓고 늘 고민하였다.

건강과 질병을 정교하게 규범화하는 문제 역시 철학적 주제였다. 사실 건강/질병이라는 개념은 오랜 철학적 대립을 이끌어온 거짓/참 개념보다 보다 근본적인 철학적 통찰을 제공한다. 건강과 질병이 뭐 그리 대단한 철학적 주제인지 일견 의문을 제기하는 독자들도 있겠지만, 건강한 상태는 무엇이고 질병 상태는 무엇인가는 예나 지금이나 해결되지 않은 숙제이다. 이 문제를 이해하는데 핵심이 되는 두사람은 베르나르와 깡귈렘이다.

베르나르는 현대 의학 성립과정에 주요한 주춧돌을 놓은 "실험의학의 아버지"다. 베르나르는 정상과 질병의 차이를 정량적인 개념으로 보았다. 그는 병적상태란 정상적 현상의 강화나 약화 혹은 과장, 부조화라고 여겼다. 그에 의하면 병리적 상태란 정상상태의 정도의 차이일 뿐이다.

반면 프랑스의 의학자이자 철학자인 조르주 깡귈렘은 질병이 단순히 정상상태가 증가하거나 감소한 것은 아니라고 주장하며 베르나르의 견해를 반박하였다. 어떤 사건이 점진적으로 일어난다고 해서 그 사건의 고유성이 부인되지 않는다는 점을 지적하며, 그는 질병이 증상의 총합이 아니라 기능적 총체성의 또 다른 모습이며, 유기체가 자신의 환경에 대하여 행동하는 새로운 방식이라고 주장하였다. 결국 건강과 질병은 질적으로 다르다고 천명하며 정상이 병리적인 것의 토대라는 것을 거부하였다.

의학자들은 질병이 무엇인가를 연구하는 동안, 철학자들은 그들의 기호에 꼭 맞는 이 주제를 두고 질병이 된다는 것은 무엇을 의미하는지에 대하여 탐구하였다. 특히 서구사회가 감염병 시대에서 만성질병 시대로 넘어가면서, 질병을 예방적으로 다스리게 되자 건강과 질병은 과거보다 개념지우기 더 어려워졌다. 고혈압은 치료 대상이기는 하지만 이를 질병으로 볼 수 있을까? 이런 문제에는 답이 쉽게 나올 수 없다. 정신의학에 대한 논쟁은 이 문제를 더욱 복잡하게 하였다. 정신질환 측면에서 무엇이 정상이고 무엇이 질병인가에 대한 답은 지금도 공전할 뿐이다.

요즈음 의학도들은 철학이 들려주는 이런 이야기들을 접하고 있다. 그러면 무엇이 건강이고 무엇이 질병이냐는 질문에 답을 잘하게 되었을까? 아니다. 철학논쟁을 배울수록 답은 더 희미하여진다. 동서양 철학자 다수가 더 많은 것을 알수록 모르는 것은 더 많아진다고 하지 않았던가? 의학도가 의철학으로부터 배우는 점은 이런 파라독스일지 모르겠다.

# 의학은 자연과학인가?

흔히 좁은 의미의 의학은 건강과 질병과 관련된 자연과학으로 정의되었다. 그러나 의학은 건강과 질병에 대한 사회적 틀 모두를 포함한다. 의료에 대한 제반 사회체계가 의학에 포함되며 의료 행위와 관련된 모든 도덕적 윤리적 법적 규범도 의학에 포함된다. 의학에 대한 역사 지리적 고찰 역시 의학의 영역이다. 따라서 의학은 건강과 질병에 관한 자연과학이자 인문사회과학이다.

그러나 의학을 건강과 질병에 대한 학문으로 좁게 정의한다고 하여도 의학이 진정 자연과학일까? 의학 내부에서는 이에 대하여 오랜 논쟁이 있었다. 이는 의학 본질에 대한 논의이고 철학적 논점이다.

의학사가들은 히포크라테스 이래 서양의학은 철학을 주요한 요소로 가졌다고 주장하거나 아예 의학은 철학이었다고 주장한다. 동양의학이 철학이라는 것과 비슷한 설명이다. 서양의학이 과학의 세례를 받아 자연과학적 요소를 가지기 이전 서양의학은 매우 철학적이었다. 질병을 설명하는 이론이 있었고 질병 치료술에 대한 학문적 체계가 없었던 것은 아니지만 몇 세기 이전까지 서양의학은 인간에 대한 철학적 담론을 포함한 학문이었다.

의학이 자연과학인가 인문과학인가 하는 논쟁은 서양의학이 과학혁명 이래 매우 과학적 경향을 띠면서 잉태된 것이다. 서양과학이 전진하던 시기에는 서양과학이 거둔 성과 때문에 의학에서 인문학적 요소는 점차 하찮게 취급을 받았다. 비록 서양의학의 과학적 성과가 뚜렷이 나타난 20세기에도 몇몇 서양 의과대학들은 철학을 교과과정에 포함하고 있었으나 의학에서 인문과학적 요소는 명맥이 끊어져 가는 듯하였다. 하지만 의학에서의 인문학적 요소는 다시 살아났고 최근 서양의학을 배우는 전 세계 의과대학에서는 인문학으로서의 의학에 대한 학습이 대폭 늘어났다.

의학이 자연과학인지 인문과학인지에 대한 이슈는 한 편 칼럼으로 다룰 수 있는 문제가 아니다 하지만 건강과 질병에 대한 오늘날의 의학 사상에 대한 간단한 고찰이 이 문제에 다가

가는 길이 될 수도 있다고 본다.

　지난 수세기 의학은 건강과 질병을 생물학적 개념으로 보았다. 건강의 생물학적 개념은 종디자인으로 그리고 질병은 종디자인으로부터의 벗어남으로 개념지운 것이다. 사람이라는 종에게 주어진 정상적인 계획 또는 종의 규범에 따라 작용하면 건강한 상태이며 이를 벗어나면 질병이라고 본 것이다. 음식물을 씹어 소화 섭취시키는 기능은 인간에 해당하는 종디자인의 일부이며 이런 기능이 위기에 처하면 질병이 되는 것이다. 건강과 질병의 종디자인 개념은 마침 약진하는 자연과학에 의하여 구체화되어 생명현상을 기계론적으로 설명하게 된다. 정상과 질병은 생물학적 개념이며, 사람이 기계론적으로 제대로 작동하면 건강한 것이고 고장나면 질환이 생긴다는 개념이 지배하게 되었다. 기계론적 모델은 매우 생산적이었고 의학은 초고속으로 전진하였다.

　하지만 건강과 질병이 생물학적 개념만으로 정의되는데 대한 강한 반론은 지속적으로 제기되었다. 질병은 단순한 생물학적 실체가 아니다. 생물학적 실체를 넘어서 질병에 걸린 인간이다. 생물학적 결손이 뚜렷한 암과 소화성궤양 같은 질병조차, 증상이 생물학적 한계를 넘어서기도 하며 치료술 역시 생물학적 한계를 흔히 넘어선다.

이러하니 의사는 생물학적 질병 이상으로 병든 환자를 돌보아야 하며, 이 과정에서 환자의 통증, 고통, 심리 등 비생물학적 현상을 다루어야 한다. 그리고 이제 현대의학은 자연과학이자 인문과학으로 되돌아 왔다.

융합과 통섭의 시대에 조기에 이과 문과를 결정하는 것이 옳지 않다는 의견이 강하게 제기되고, 지난 해 우리사회에서는 이 문제에 대한 토론이 활발하게 벌어졌다. 문이과 결정시기도 문제이지만 결정기준도 문제이다. 이과와 문과를 나눌 때 수학·과학과 어학을 흔히 기준으로 삼지만 이 기준이 타당한지 의문이다.

입시철이다. 의학은 분류상 이과계열이고 주로 수학·과학 인재들이 의학 진학을 꿈꾼다. 그러나 의학은 자연과학이자 인문사회과학임을 수험생들이 명심하기를 바란다.

# 저는 이슬람의학입니다

저는 이슬람의학입니다.

이슬람역사는 서방과의 대결의 역사라고 합니다. 6세기경 형성된 이래 이슬람 문명이 서양문명과 충돌한 것은 알려진 대로 사실입니다. 하지만 충돌은 교류를 가져왔습니다. 이스람 문명권이 그리스-로마문명을 수입하며 그리스-로마 의학도 받아들였습니다. 그 결과로 제가 탄생하였습니다. 저는 그리스-로마 의학의 권위를 따랐습니다. 하지만 단순한 보존을 넘어 나름의 고유한 특징을 가지고 발달하였습니다. 나중에 저는 다시 서양으로 건너가 서양의학의 일부분이 되었습니다. 서양의학에 새로운 영감을 많이 불어 넣었다고 우기지는 않겠습니다. 하지만 제 공로는 인정받고 싶습니다.

서양과의 충돌 초기 이슬람의 칼리프들은 그리스-로마시대에 쓰여진 의학저술을 번역하는 작업을 적극적으로 후원하여 저의 탄생을 도왔습니다. 8~9세기 동안 활동한 후나인이븐-이스하크와 알킨디들은 그리스의학을 이슬람 문화권으로 옮겼습니다. 중세의 암흑 속에서 그리스-로마 의학이 서양에서 잠자던 때에 저는 동방에서 그리스-로마의학의 후예로 탄생한 것입니다.

9~10세기에 걸쳐 살았던 페르시아인 알-라지(라제스)는 위대한 의학자였습니다. 그는 갈레노스의 체액병리설을 믿었고, 질병 치료의 역사에서 가장 효용이 없었다는 방혈도 사용하였습니다. 그러나 그리스의학의 아류에 머문 것은 아닙니다. 이슬람 최초의 병원을 세웠고 질병에 대한 이전의 저술을 검토하고 관찰 및 실험을 통하여 치료를 위한 실용적인 접근을 시도하여 자신만의 의학에 도달했습니다. 천연두와 홍역을 최초로 기술하였고, 가난한 사람들을 위한 구제 사업도 펼쳤습니다. 그의 제자들은 스승의 방대한 작업을 마무리 지어 「의학총서」라는 필사본을 완성합니다. 이는 당시까지 의술에 관하여 알려진 모든 것을 담고 있는 서적이었습니다. 알-라지의 「의학총서」는 유럽으로 흘러 들어 갔습니다. 당시 중세 유럽은 그들의 과거 의학조차도 간수하지 못하여 의술은 크게 퇴보한 상태였습니다. 1279년 라틴어로 번역된 이 두꺼운 책은 깊은 잠에 빠진 유럽의학을 깨우고 무려 17세기 까지 유럽의 학교에서

교과서로 쓰이게 됩니다.

한 세기 후에 중앙아시아에서는 이븐시나라는 의학자가 활동합니다. 페르시아 출신인 이븐시나는 의학을 다른 학문과 연계시켜 광범위하게 다루었습니다. 이 때문에 부분적으로 터무니없는 이론을 만들기도 하였지만 그의 의학이론은 「의학정전」이라는 탁월한 의학교과서에 집대성됩니다. 「의학정전」은 수백 년 동안 의학 종사자에게 교범이 되었고, 역시 17세기까지 많은 의학교 교과서의 토대가 되었습니다. 제가 우쭐할 만 하지 않습니까?

뿐 만 아닙니다. 13세기 이슬람의학에서 기억할 만한 탁월한 의사들이 있습니다. 이븐 알-나피스는 심장과 폐 사이의 혈액순환인 소순환에 대한 이론을 제시하였습니다. 서양의학은 17세기 윌리엄 하비가 혈액순환의 원리를 수립하였으니 이점에서는 제가 4세기나 앞섰습니다. 하지만 20세기가 되어서야 알나피스의 업적이 서양의학계에 알려진 점은 매우 안타깝습니다. 이븐 알-쿠프는 기독교를 믿고 십자군 전쟁에 뛰어든 특이한 이력의 이슬람의학자입니다. 그가 모세혈관과 심장의 판막 용도 등을 기술하였습니다. 4세기가 지나서야 말피기가 모세혈관을 발견한 것을 보면 제가 당시에는 서양의학보다 훨씬 앞서간 것을 알 수 있을 것입니다.

이외에 저는 광범위한 종류의 약물을 치료에 사용하여 의술을 풍부하게 하였고 인체 해부학에서도 진전을 이루었습니다. 다양한 외과수술기법을 개발하였고 수술을 위한 도구도 개발하여 외과 분야에서도 약진하였습니다. 저는 「의사의 윤리 규약」에서 의사의 윤리지침을 상세히 마련하였으며, 환자에 대한 설명의 임무 등도 정립하여 현대 의윤리의 바탕을 이루는 데도 기여하였습니다.

홍망성쇠의 역사 법칙은 저에게도 적용되었습니다. 서양의학이 천년 만에 기지개를 켜면서 부흥하기 시작한 이후 저는 역사에 기록할 만한 진전을 더 이상 이루지 못하였습니다. 서양문명의 비약은 다른 문명 전체를 급속히 잠식하여 들어갔습니다. 거대 중국조차 그들의 문명을 내려놓았고 그 문명의 주요 요소였던 중의학도 거의 궤멸되었습니다. 이런 상황에서 제가 이슬람권에서 더 발전할 길이라고는 없었습니다. 하지만 제가 아예 사라져버리지는 않았습니다. 저는 서양으로 건너가 서양의학에 흡수되었습니다. 제가 인류에게 현대문명의 핵심인 서양의학을 가져다 주는 핵심 역할을 행한 것입니다. 이 공로 만큼은 인정받고 싶습니다. 그런데 제가 인류 역사에서 이룬 이

살신성인을 이해하는 사람이 매우 적어 늘 섭섭합니다.

  독자 여러분 제가 없었다면 현대 서양의학도 없었을 것이라
는 점만은 인정하여 주십시오.

# 질병은 존재하는가?

일찍 지병으로 누우신 나의 어머님은 "잘못한 일도 없는데 병에 걸리셨다"고 자조하셨다. 어머님에 비하면 상대적으로 늦은 나이에 식도암 판정을 받으신 아버님은 가족들을 달래신다고 "어쩌다 다이아몬드 하나가 식도에 들어왔다"고 표현하셨다.

우리는 흔히 질병에 걸린다는 표현을 한다. 영어 사용권에서는 질병이 환자를 공격한다고 표현한다. 질병은 몸에 들어온 어떤 실체라는 의미가 깔려 있는 표현이다. 의사들도 흔히 "십이지장 궤양은 흔히 남자들이 걸린다", "이 환자가 포도막염을 앓고 있다", "그 질병은 몇 년 전 처음 발견되었다"는 표현을 흔히 사용한다. 병과 관련하여 관용어가 되어 버린 이런 표현 속에서 질병은 존재하는 실체라는 위상을 가진다. 질병은 정말로 실재하는 것일까?

유명론(명목론)자와 실재론자 들은 오랜 기간 철학적 논쟁을 벌였다. 소를 예로 들면 실재론자들은 소라는 동물은 참 존재라고 믿었다. 반면 유명론자들은 소라는 용어에 어떤 실존이 있음을 거부하였다. 소란 단순한 허튼소리이거나 추상이라고 간주하였다. 참 실재는 추상에 존재하는 것이 아니고 어느 특정한 소에 해당한다고 믿었다. 빨강이라는 용어 역시 마찬가지였다. 유명론자들은 빨강이라는 용어는 허튼소리 혹은 추상이며 참 실재하는 것은 빨간 색을 띤 어떤 물건이라고 믿었다. 이런 논쟁은 여전히 진행형이다.

의학에서 유명론자들과 실재론자들은 질병이 실존하는 참 실체인가에 대한 논쟁을 벌였다. 역사적으로는 실재론자들이 우세하였다. 실재론자들은 결핵환자는, 환자와는 별개로 실존하는 결핵이라는 질병으로 고통을 받는다는 믿음을 가졌다. 전문인이든 아니든 많은 사람들은 질병에 대하여 이런 실재론적 관점을 가졌다. 나의 부모 역시 이런 실재론적 개념을 가지신 분들이었다.

질병이 국소부위에 존재한다는 믿음이 강해지면서 19세기 초반 서양의학에서는 부검이 일상적이 되었다. 부검은 병변을 보여주었고 병변은 질병이 국소부위에 존재한다는 믿음을 더욱 강화시켜 주었다.

그러나 의학이 생리학에 관심을 두면서 질병은 해부학적 병변이상을 의미하였고, 생리적 기능 장애 역시 질병의 일부로 이해되었다. 질병이 실재하는 것으로 외부에서 들어와 환자들을 공격하는 존재라는데 대한 강한 도전이 제기되었다. 인간이 분류하고 정의한 질병은, "지식을 쉽고 용이하게 소통하기 위하여, 추상적으로 생각하고 그 생각에 부여한 이름" 정도로 위상이 정해졌다. 이 것이 질병에 대한 유명론자들의 견해였다. 급기야 루소는 "질병은 없고 단지 아픈 사람만이 있을 뿐이다" 는 간결한 표현으로 질병의 실존을 부정하였다.

이어지는 시대에서 질병 존재론은 계속적인 공격을 받았다. 특정 질병은 진행하므로 변화 무쌍한 자연사를 거친다. 동일하다고 분류되어 불리는 질병이라 하여도 계획된 과정을 순차적으로 거친다고 믿기 어렵다. 의학교과서의 질병 정의 자체가 모호한 경우가 많다. 따라서 질병은 유사성으로 묶인 개념일 뿐 하나의 존재라고 보기 어려워졌다.

실재론자들은 그들이 분류하고 정의한 질병이 실존적 실체를 반영한다고 믿었지만 자연의 실제를 반영하지 못하고 지식의 한계를 드러내었다는 점을 인정해야 하는 국면에 몰렸다. 실재론자들은 다른 약점도 보였다. 질병이 독립적으로 존재한다고 가정하였기 때문에 질병의 시간적 공간적 다양성을 과소평가하였다. 또한 병의 원인에 의하여 정의된 질병은 원인을 제거하여 치료에 이르기에는 유익할 수 있으나, 예방 수단을 찾는 데는 용이하지 않았다는 점도 실재론자들에게는 불리한 요소였다. 질병 정의에서 인간적 요소를 발견한 유명론자들이 완승을 거둔 분위기이다.

그렇다고 실재론자들이 완전 패퇴한 것은 아니다. 실재론자들의 질병 정의는, 사물들 사이의 유사점으로부터 이유를 찾아냄으로써 일반적 사고를 추상적으로 이해하기 위한 노력의 일환이기 때문이다. 임의적이지 않고 있는 그대로의 실제를 반영한다면 실재론자들이 분류하고 정의한 노력은 유용하다.

질병은 실체가 아닌 도정의 개념이다.

# 팩트 만을 다루지 않습니다

'팩트 만을 다루겠습니다.'

팩트라는 단어가 홍수를 이루는 시대이다. 사람들은 사실에 대한 깊은 신뢰를 가진다.

의학은 당연히 팩트를 다루는 학문인 것 같은데, 의학에서 사실을 추구하는 경향이 나타난 것은 기껏 두 세기 밖에 지나지 않았다는 점은 놀라운 사실이다. 의학 역사 대부분의 기간 동안 이성론은 경험론과의 경쟁에서 우위였다. 르네상스를 거치고 18세기에 이르렀어도 이론과 이성이 의학의 중심적 역할을 하였다. 이 시기 의학자들은 조그마한 사실만으로도 거대한 이론을 만들어 내었다. 18세기까지 대부분 의학이론은 팩트가 아니었고 이론에 의한 가설 수준이었다.

이러한 경향에 새로운 도전을 던진 의학자 그룹이 19세기 파리의 의사들이었다. 과학혁명과 프랑스 혁명 등 우호적인 환경에서 19세기 파리에는 대형병원이 설립되고 세계 의학의 용광로가 되었다. 당시 파리의 의사들은 과거 의학자들이 수립한 지나치게 큰 스케일의 의학 이론 대신 적은 주제에 관심을 기울이기 시작하였다.

19세기 초 프랑스 의학자들이 남긴 문헌에 의하면 프랑스의학은 과거 의학과 빠른 속도로 단절한 듯 보인다. '사실과 관찰로 병의 자연경과를 파악하여야 한다'는 문헌이 남아있다. 병의 자연현상으로 증상, 현상, 상황 등 모두 사실을 의미하는 것들이 강조되었다. '의학은 사실의 과학'이라는 믿음도 발견되는데, 그 근거로 의학이 사실의 관찰에 입각하기 때문이라 하였다. 의학을 지배해오던 이성론자들을 제치고, 오감을 동원한 감각으로 이해되는 사실을 믿으려는 경험론자들이 주도권을 쥐었다. 의학은 이론의 과학에서 급격히 사실의 과학으로 전환하였다.

그들은 있는 그대로를 보아야 하며 선입견이나 맹신으로 관찰의 방향이 잘못되면 안 된다는 기록도 남겼다. 명백히 프랑스 임상학파들은 베이컨의 과학적 방법론을 따랐다. 기술할 수 있는 객관적 사실이 의학 내용의 본질이라고 믿었음을 알 수 있다.

프랑스에서 사실의 학문이 된 의학은 이후 미국으로 넘어가면서 사실을 더 많이 추구하는 경향을 띄게 된다. 유럽에 이어 의학의 패권을 쥔 미국은 실증주의의 나라였다. 당연히 미국의학에서 사실은 더욱 신성시되었다.

지난 200여 년 간 의학계에는 방대한 의학적 사실들이 축적되었다. 이 사실에 근거하여 현대 의학의 틀이 짜여졌다. 이 틀은 의료의 내용을 결정하였고 의료인 교육에도 영향을 미쳤다.

당연히 의료 종사자들은 의학적 사실들에 대한 이해를 갖추어야 한다. 의과대학에 입학하면 의학도들은 아주 두꺼운 교과서를 받아든다. 의학적 사실들이 가득 찬 문헌이다. 그들은 4년 동안 엄청난 의학적 사실들을 익히고 외우고 시험을 쳐야 졸업하게 된다.

의료인이 되어서도 마찬가지다. 의사들이 지속적으로 연수교육을 받아야 의사면허를 유지할 수 있는 것도, 새로운 의학적 사실을 이해하여야 환자를 돌볼 수 있다는 믿음에서 비롯된 정책 때문이다.

의학연구자도 마찬가지이다. 교수들은 잡지를 통하여 그리고 세계 각국의 학회에 참석하며 최신 사실들을 취한다. 빠르게 추가되는 의학적 사실을 따라가지 않으면 진료와 연구가 정체하고 퇴보하기 때문이다.

그런데 우리가 의학적 사실이라고 생각하는 것들은 사실 팩트가 아니다. 의학 문헌은 의학적 사실 보다는 이들의 일반화를 다루기 때문이다. 결핵균을 동물에 주사하여 결핵이 유발되었다면 이는 팩트이다. 하지만 이에 근거하여 결핵이 감염병이라 일반화할 때 이는 연역을 거친 이론이지 팩트가 아니다. 가슴 방사선 사진에서 폐결절이 관찰된 환자 A가 피를 토하고 열이 났다는 것은 관찰된 팩트이다. 하지만 의학문헌은 결핵균에 감염되면 피를 토하고 열이 난다고 일반화하여 묘사한다. 이 역시 팩트 아닌 이론이다. 우리가 의학문헌을 통하여 받아들이는 사실이라는 것들이 모두 팩트가 아니고, 연역과 유추를 통하여 일반화된 이론들이다.

약 200년 전 의학은 이론들의 잔치였다. 이론이 믿기지 않아 의사들은 팩트 만을 추구하였다. 그런데 막상 남은 것은 추상화와 합성을 거쳐 탄생한 이론이다. 믿기지 않는 이론을 떠나 팩트를 찾고 도달한 것은 이론이다.

## 혐오감도 지혜이다

레온 카스는 생물학과 의학을 전공한 미국의 학자이다. 그가 분자생물학을 전공하던 젊은 학자였을 때였다. 노벨상 수상자로 학계에서 상당한 권위를 가지고 있던 조슈아 레더버그가 인간복제를 포함한 유전공학의 우생학적 장점에 대한 칼럼을 게재하였다. 그는 워싱턴포스터지에 항의의 편지를 쓰면서 대중앞에 등장한다. 이후 그는 지속적으로 생명윤리에 관한 자신의 주장을 펼쳐 나아갔고 20세기 후반 생명공학과 생명윤리 분야의 논쟁에서 큰 족적을 남겼다. 그는 조지 부시 대통령 재임 시 배아줄기세포 연구에 연방정부 연구비를 지원하여야 하는지에 대한 논란이 미국 내 큰 이슈가 되던 시절, 대통령 생명윤리평의회의 의장으로 큰 주목을 받기도 하였다.

그는 스스로를 생명윤리학자보다는 구식 휴머니스트라 자칭하였는데 자칭한 이 용어를 통하여 우리는 그가 왜 생명윤리 논쟁에서 항상 보수적 자세를 견지하였던지를 읽을 수 있다.

나는 지난 칼럼에서 인간복제를 비판하는 다양한 관점들을 소개하였지만, 소개하지 않은 더 다양한 반대 관점들이 있다. 그 중 어떤 반대 논리보다도 레온 카스가 펼친 "혐오감의 지혜"가 나에게는 가장 설득력이 있어 보였다. 나는 여전히 이 논리 하나면 인간복제를 반대하기에 충분하다고 믿고 있다.

레온 카스는 논리적 설득력이 없을 것 같은 '혐오감'을 인간복제 반대논쟁에 끌어들였다. 돌리를 탄생시킨 후 이안 윌 머트는 인간을 복제하는 것에 대하여 질문을 받고 "불쾌한 일로 본다"고 답하였다. 사실 인간복제에 대한 사람들의 일반적인 반응은 "불쾌하다", "기괴하다", "역겹다"와 같은 혐오감으로 표출되었다. 이런 혐오감을 개인의 감정적 대응 정도로 보면 이는 반대의 논리로 사용될 수 없다. 사람의 반감은 언제든 바뀔 수 없으니 혐오감을 남을 설득하는 논리로 사용하기는 어려워 보인다.

그런데 레온 카스는 혐오감을 심오한 지혜의 감정적 표현으로 보았다. 이성의 힘이 완전히 파악할 수 없는 영역에서 혐오감은 사람이 발휘하는 고도의 지혜라고 여긴 것이다. 그는 부녀간의 근친상간, 동물과의 성관계, 시신의 절단, 인육포식, 강간살인 등에 대한 혐오감은 윤리적으로 의심스러운 것이 아니라는 태도를 견지하였다. 이런 행위의 위험성에 대하여 이성적으로 설명하는 것만이 지혜가 아니라 즉각적으로 혐오하는 것 역시 지혜의 산물이라는 것이다. 그에게는 혐오감은 이성으로 충분히 정당화되지는 못하더라도 윤리적인 의심이 하나 없는 그 무엇이었다.

레온 카스는 인류가 인간 복제의 전망에 대하여 즉각적으로 아무런 논쟁없이 반감을 갖는 것은, 이러한 일의 생경함과 진기함 때문이 아니라 인간이 정당하고 친근하다고 생각하는 것들에 위배되기 때문이라고 보았다. 그는 이런 혐오감은 지나친 인간의 작위에 대한 반감이며 말할 수 없이 심오한 것들을 범하지 말라는 경고라고 주장하였다.

이 시대를 살아가는 많은 사람들은, 사실상 자유롭게 행할 수 있는 모든 것들이 허용되었다고 생각한다. 이런 세태에 인간의 타고난 본성은 더 이상 존중되지 않는다. 우리의 몸도 우리의 자율적 이성적 의지의 단순한 도구로 여겨진다. 이런 시대에 우리 몸이 본능적으로 반응하는 혐오감은 우리 인간성의 핵심을 보호하기 위하여 외치도록 남겨진 유일한 목소리일지 모른다는 것이 레온 카스의 외침이다.

레온 카스는 혐오감에 의하여 보호되는 선(善)들이 있다고 믿는다. 혐오감은 현대의 새로운 생명의료기술들이 간과하고 있는 선을 위하여 작동한다고 주장한다. 그는 인간복제에 대한 혐오감은 인간 본성의 오염과 타락에 대한 지혜로운 반응이라고 보았고, 따라서 이 혐오감은 인간복제가 부정하고 폭행을 저지르는 일이라는 증거라고 주장하였다.

수십 년 전 인간복제가 이슈가 되었을 때 복제에 대하여 반대하는 논리를 강력하게 펼쳤던 철학자와 신학자들의 목소리는 현재에는 많이 잦아들었다. 그리고 지금 지구상에 존재하는 인간 대부분이 어느 정도는 포스트모던적 사고에 물들어 있다. 그 사이 인간복제 기술은 오히려 진전하였다. 우리 사회 일부도 황우석씨 사태 때 인간복제가 무엇이 문제되냐는 태도를 보이기도 하였다. 우려된다. 지금은 인간복제 사안에 대한 우리의 현명한 판단 여부에 따라 인류의 미래가 달려 있다는 긴장을 늦추지 않으면 안되는 시점이라는 인식이 필요하다.

혐오감을 진두에 세우자! 인간복제를 막기 위하여!

# 환원주의 의학

한 영역의 개념, 법칙, 사실, 이론 등을 다른 영역의 것들로 대치하려는 사고의 형태를 환원주의라 한다. 이는 과학 영역에서 흔히 나타난다.

1908년 노벨상 수상자 러더포드는 "과학이란 물리학이 아니면 우표수집이다"는 발언을 하였다. 과학은 물리학 원리에 기반해 유도되며 나머지 과학은 우표수집처럼 사실을 모으는데 불과하다는 주장이다. 물리현상으로 모든 자연과학적 현상을 설명한다는 극단적인 환원주의 태도를 그가 보여 준 것이다.

관찰이 불가능한 이론적 개념이나 법칙을 직접적으로 관찰이 가능한 명제로 바꾸어 놓거나, 심리 정신적 현상을 자연적 현상으로 설명하는 태도 역시 환원주의 경향이라 볼 수 있다. 심지어 어떤 철학자들은 소립자부터 단계적으로 연구해 나가면 물리학부터 사회학까지 통합적으로 설명할 수 있다는 가설을 제기하기도 하였다. 환원주의는 "부분의 고유한 성질로부터 전체의 성질을 추론하려는 시도"라고 정의할 수도 있다.

의학에서도 환원주의적 경향이 지배한 역사는 오래되었다. 이러한 경향은 화학과 물리학이 뚜렷한 성과를 거둔 한 두 세기가 지나서 의학에서 나타났다. 우선 생물학이 물리와 화학의 개념과 법칙을 따랐고 뒤이어 의학은 생물학의 개념과 법칙을 따르게 되었다. 19세기에 이르러 의학은 생물학적 개념과 원리로 환원되었다. 생명현상은 물리적 현상 혹은 화학적 현상으로 설명되었고 질병도 물리적 화학적 현상의 변이로 이해되었다.

현대의학은 환원주의를 바탕으로 놀랍게 전진하였다. 미생물을 발견하고 발효의 원리를 밝혀낸 파스퇴르도, 인체의 내부환경이 유지하는 항상성을 물리화학적 법칙으로 밝혀낸 베르나르도, 인체를 이루는 구성단위는 세포이고 생명현상은 일개 세포들의 집합으로 본 피르호도, 모두 환원주의를 바탕으로 현대 생명과학과 의학의 기초를 놓았다.

복합적인 생명현상과 질병이 화학 물리적 법칙에 입각한 기작으로 설명되자 이전에 이해되지 못하던 것들이 쉽게 이해되었다. 면역현상, 소화작용이나 내분비 기능이 밝혀졌다. 그리고 이를 화학적 혹은 물리적으로 제어함으로써 치료혁명에도 이르게 되었다. 항생제가 출현하여 극적인 효과를 내었고, 관절과 동일한 물리적 운동을 수행하는 인공관절이 만들어져 인체에 삽입되었다. 인체가 보내는 여러 화학적 물리적 신호들이 설명되자 현대의학이 자랑하는 여러 진단기구들이 개발되었다.

그리고 마침내 20세기 말엽 의학은 환원주의의 방점을 찍는 거대 프로젝트에 돌입하게 된다. 20세기 중반 인류는 DNA구조를 밝혀내었다. 이에 물리화학적인 환원주의로 무장한 학자들은 묘목의 혈통 등을 연구하던 유전학을 유전자의 기능과 성분을 밝히는 분자유전학으로 전환시켰고, 분자유전학은 20세기 하반기를 달구었다. 생물체를 구성하는 분자의 구조와 기능을 유전자 구조와 특성을 바탕으로 화학적으로 체계화하여 설명하는 경향이 우세하여 졌다.

유전자의 분리 조작까지 가능하여지자, 유기체 전체의 건강과 질병을 유전자 조절로 달성하려는 환원주의적 사고는 마침내 인간유전체지도를 작성하는 계획으로 이어진다. 이 프로젝트는 21세기 초엽 성공적으로 완수되었다. 생명과학자와 의학자들은 핵물리학이 남긴 핵폭탄에 버금가는 폭발력을 가진 엄청난 유산을 넘겨 받았다. 그리고 실험의학은 이에 매달려 진단과 치료에 "획기적인" 발견을 이루었다는 소식을 연일 쏟아내고 있다. 기대대로 인류는 유전자를 대치하거나 교정하면서 건강을 앞당길 수 있을 지도 모른다.

하지만 유전자의 역할로 모든 생명현상을 파악하고 질병에 대처하려는 환원주의적 태도의 문제점은 이전부터 비판을 받았다. "생물학은 운명"이라는 생물학적 결정론에 대하여 강력한 비판이 제기되었다. 유전자로 전체 유기체의 성질을 추론할 수 없다는 의견도 강하다. 단일 유전자에 대한 것을 모두 이해한다고 하여도 정상적 병리적 기능에 영향을 미치는 여러 요소들과의 관련 속에서 유전자의 기능을 알아내기는 어렵다. 그리고 유전자 조정으로 만성병 치료에 다가갈 수 없다는 부정적 견해도 강력하게 제기되고 있다.

우리가 살아가는 현 시점, 의학은 분자유전학으로 환원되어 질병정복이라는 대명제를 달성할 것인 양 마냥 들떠있다. 그리고 한 편에서는 이를 회의적인 시각으로 보는 경향도 강하다.

의학은 희망과 우려가 혼재하는 전환기에 들어섰다.

# 3장

-

# 왓슨의 몰락

# 왓슨의 몰락

2003년 미국세포생물학회 학술대회 기간 중 75세의 왓슨과 함께 사진 한 컷을 찍었다. 나는 어렵게 얻은 이 사진을 한 동안 자랑스러워하면서 학생들에게 비춰주었다. 학생들은 왓슨과 함께 찍은 사진이 스크린에 비춰면 환호하였다. 그러나 나는 이제 더 이상 이 사진을 학생들에게 보여주지 않는다. 왓슨에 대한 실망 때문이다.

1953년 DNA 이중나선 구조를 밝힌 왓슨과 크릭의 논문이 「네이쳐」지에 발표되자 지구 상의 모든 유기체의 유전과 관련된 비밀을 분자 수준에서 밝혀낸 그들의 업적은 "20세기 가장 중요한 과학적 발견"으로 인정되었다. 저자들은 과학자로서는 상상할 수 없는 스타가 되었다. 왓슨은 1962년 노벨상을 수상하였고 그의 명성은 하늘을 찔렀다.

하지만 왓슨에게는 업적을 가로챘다는 비판이 계속 따랐다.

1953년 논문을 쓰는 시점에서 왓슨과 크릭은 2중 나선구조를 제시할 수 있는 실험자료를 가지고 있지 않았다. 왓슨은 그해 초 킹스칼리지를 방문하여 윌킨스로부터 플랭클린이라는 한 여성과학자가 얻은 X선 회절사진을 건네받았다. 플랭클린의 허락 없이 받은 이 자료로 왓슨은 DNA 나선구조에 대한 결정적 힌트를 얻었다. 그러나 왓슨은 1953년 논문에서 플랭클린의 자료에 대하여 언급하지 않았다. 그러자 DNA의 구조를 직접 연구하지도 않고 다른 연구자의 자료를 도용하여 DNA 구조를 설명하였다는 비판이 이어졌다. 1954년 왓슨은 "킹스칼리지의 자료 없이 DNA 구조를 제시하는 것이 완전히 불가능한 것은 아니다."는 애매한 변명으로 논란을 덮으려 하였다. 1999년이 되어서야 왓슨은 플랭클린의 자료가 결정적이었음을 시인하였지만, 그 때는 이미 DNA 구조 구명과 관련한 영예를 완전히 뺏긴 플랭클린이 사망하고도 오랜 세월이 흐른 뒤였다. 그리고 플랭클린 자료를 왓슨에 넘긴 윌킨스가 엉뚱하게도 노벨상을 공동 수상하고도 이미 수십 년이 흐른 시점이었다.

왓슨은 샤가프의 업적도 표절하였다. 샤가프는 왓슨과 크릭을 방문하여 아데닌과 티민, 구아닌과 시토신의 비율이 1:1이라는 자신의 발견을 알려 주었다. 당시 왓슨과 크릭은 이 사실을 전혀 모르고 있었다. 그럼에도 왓슨과 크릭은 1953년 논문에서 DNA 염기쌍에 대한 영감을 샤가프로부터 얻었음을 언급하지 않았고, 해당 논문을 인용하지도 않았다. 이에 대해 비통해하며 샤가프는 왓슨과 크릭을 맹비난하였다.

이런 치명적 비난에도 불구하고 왓슨은 현대 분자생물학의 영웅으로 영향력을 확대해 나갔다. 그들이 제시한 DNA 구조가 가지는 중요성이 가장 큰 이유였다. 그의 글솜씨도 한몫하였다. 대중을 상대로 저술한 「이중나선구조」는 동료 크릭마저 제치고 왓슨을 가장 영향력 있는 위치로 끌어 올렸다. 왓슨은 현대 생명과학 연구를 선도하는데 크게 기여하였고, 전 세계 생명과학연구자들에게 새로운 연구 분야와 연구기법을 소개하는 콜드스프링하버 연구소의 감독과 총장으로 재직하였다. 이어 그는 대중과 정치인들을 설득하여 암과의 전쟁 연구를 이끌었으며, 인간 게놈연구의 초대 소장으로도 활동하였다. DNA 구조 발견에 대한 비난도 사그라들고, 그의 영광은 영원할 것 같았다.

그러나 20세기 말부터 왓슨은 전혀 새로운 구설수에 오르기 시작하였다. 왓슨은 1997년 국제인도주의 아카데미에서 인간복제를 옹호하는 선언을 주도하였다. 그는 또 "자녀를 더 똑똑

하거나 더 예쁘거나 더 건강하게 만들기 위해 유전자를 추가하지 말아야 할 이유가 없다"고 서슴없이 말하였다. '멍청함'을 질병이라 주장하였고, 피부색과 성욕을 연결시켰으며, 인종간 지능우열을 주장하였다. 그는 인종주의자이자 우생학 지지자로 낙인찍혔다. 이런 주장 때문에 그는 콜드스프링하버의 총장직을 박탈당하였다. 이후에도 이런 주장을 멈추지 않아 최근 명예직마저 박탈당하였다.

왓슨은 자신의 경력 초기에는 자신의 업적을 과학에 한정하는 겸손한 태도를 가졌다. 그는 사람의 유전장치를 교정하는 연구에 분명하게 반대하였다. 이런 태도를 유지한 덕에 업적 도용에 대한 비난은 받았지만 그는 자신의 명성을 유지할 수 있었다. 그러나 유전자를 중심으로 설명하는 방식이 일정한 성과를 거두면서, 유전자가 사회적·정치적 권위를 가지게 되자 그는 지적 오만에 빠지게 되었다. 나이 90세가 되어 과학계에서 완전히 퇴출당하는 치욕을 맞은 이유는, 그가 형이상학적 생명관념을 인정하지 않고 힘과 우수함 만을 인간의 핵심적 가치로 두는 오만한 생명공학기술의 편에 섰기 때문이다.

왓슨은 오만으로 몰락하였다. 멸망에 앞서 오만한 정신이 있게 마련이다. 완슨의 사례는 오만한 생명공학에 기대어 한도가 넘는 야심을 품는 이들에 대한 경고이다.

# 눈색과 눈빛

눈은 색도 가지고 빛도 가진다.

눈의 색은 홍채 속 멜라닌 색소의 양에 의하여 결정된다. 투명한 각막을 통하여 들여다보이는 홍채에 멜라닌양이 적으면 눈 색은 푸르다. 피부색이 흰 백인들은 홍채에도 멜라닌 색소의 양이 적어 눈 색이 푸르다.

푸른 눈은 내 최초의 가출 경험과 관계가 있다. 초등학교 4학년 때 나는 친구의 가출에 동행하였다. 가출을 작심한 친구는 주머니 속 돈을 보여주고 나를 꼬드겼다. 우리는 온갖 군것질을 하면서 걸었다. 토성동에서 출발하여 수 킬로미터를 걸어마침내 남부민동에 소재한 영화관에 이르렀다. 그 영화관에서 우리는 「파란 눈의 며느리」를 관람하였다. 서양며느리를 가족으로 맞는 과정을 그린 가족 코미디 영화였다. 영화를 다 보고 나서 친구는 가출을 접기로 하였고, 우리는 밤늦게 집으로 귀가하며 일일 가출을 마감했다.

홍채에 멜라닌양이 많으면 갈색 눈을 가진다. 피부가 갈색인 동양인들의 눈은 갈색이다. 카니 프란시스, 로드마리 클루니 등이 불렀던 「아름다운 갈색 눈동자」는 포크송 시대의 인기곡 이었다. 더 이상 푸른 눈을 사랑하지 않겠다는 가사가 포함된 이 노래 한 곡 때문에 갈색 눈은 가장 아름다운 눈이 되었다. 가수 은희도 이 노래 번안곡을 청승맞을 정도로 아름답게 불렀 다. 번안곡 속 만돌린 소리가 기억에 남아있기 때문인지 갈색 을 볼 때면 만돌린 소리가 들린다.

눈은 색 외에 빛도 가진다. 우리는 흔히 눈이 표현하는 그 무 엇을 묘사하기 위하여 눈빛이라는 단어를 쓴다. 눈이 영혼을 감지할 수 있는 유일한 장기라 여겨지는 이유는 눈빛 때문이 다. 문학과 노래에서 눈은 '마음의 창' 또는 '영혼의 창'으로 불 린다. 웃음을 가장할 수는 있으나 눈빛을 위장할 수는 없다. 상대방의 진심을 보려면 그의 미소를 보지 말고 눈빛을 보아야 한다.

멜라닌의 양으로 설명할 수 있는 눈 색과는 달리 눈빛은 과 학적 설명이 불가능하다. 눈 색은 과학의 영역이지만 눈빛은 인문학의 영역인 셈이다.

톨스토이는 언어가 소통의 좋은 수단이 되지 못한다고 생각하였다. 그는 언어가 좋지 않은 많은 기억과 연관되기 때문에 마음이 통하는 수단이 될 수 없다고 생각하였다. 소설가인 톨스토이는 그의 소설 속 등장 인문들을 통하여 서로를 바라보는 응시가 진정한 소통 수단임을 묘사하였다. 이 개념은 고귀하다.

톨스토이는 「안나 카레니나」에서 키티와 레빈의 운명적인 응시 장면을 그렸다. 키티는 멋진 젊은이 브론스키를 짝사랑하여 열병을 앓던 여인이다. 키티가 브론스키를 사랑하는 동안 레빈은 키티를 짝사랑하였다. 브론스키가 안나와 결혼하게 되자 키티는 절망 속에서 레빈의 청혼을 받아들이고 만다. 레빈의 청혼을 받아들였지만 키티는 브론스키를 사랑하였던 과거 때문에 레빈과의 미래에 대한 염려를 품게 된다. 사랑을 얻은 레빈에게도 키티와의 미래에 대한 불안이 밀려온다. 어느 날 그들은 같은 염려를 품고 서로를 응시한다. 그 응시에서 그들은 미래의 결혼생활에 대하여 안심하는 눈빛을 교환한다.

톨스토이는 「전쟁과 평화」에서도 의미 있는 응시를 묘사하였다. 프랑스가 러시아를 침공하였을 때 러시아 장교 피에르 베주코프는 프랑스 사령관 다부의 심문을 받는다. 생사의 갈림길에서 피에르 베주코프는 다부 사령관을 쳐다본다. 그때 다부역시 피에르 베주코프를 쳐다본다. 이 몇 초 동안 둘은 전쟁이라든가 재판이라든가 하는 일체의 조건을 초월하여 인간 대 인간으로 서로를 바라본다. 그들은 교감하였고 두 사람은 모두인류의 아들이라는 점을 깨닫는다. 침묵 속에 진정한 마음을담아 교환한 눈빛으로 피에르 베주코프는 그의 목숨을 보존하였다.

눈은 마음이 머무는 곳이고 눈빛으로 사람은 자신의 말을 할수 있다. 톨스토이가 위 소설들에서 묘사하였듯 눈빛은 진정한소통의 수단이다.

눈의 색은 상대방의 눈으로 보인다. 눈의 색은 외모의 핵심요소이다. 우리는 고유한 눈의 색을 가지고 태어난다. 눈빛은상대방의 가슴으로 느껴진다. 눈빛은 그 사람 내면의 핵심을이룬다. 눈의 색과 달리 눈빛은 자신이 가꾸어 나가는 것이다.눈빛을 잘 가꿀수록 사람들과의 공감이 깊어진다.

# 서문

서문은 강렬하다. 작가의 저작 의도가 농축되어 있다. 짧은 서문이 긴 영향력을 발휘하기도 한다. 몇 서문은 젊은 시절 나를 뒤흔들었다. 김은국은 소설「순교자」영문판 서문을 다음과 같이 썼다.

> "까뮈의 '이상한 형태의 사랑'에 대한 통찰이 필자로 하여금 한국 전
> 선의 참호와 벙커에서 허무주의의를 극복하게 해주었기에 이 책을 바
> 친다."

이 서문은 20대 초반 나를 까뮈 속으로 몰아 넣었다. 70년대 말 대한민국에서 20대 초반을 살아가던 청년의 마음도 김은국처럼 스산하였다. 나는 까뮈의 소설들 그리고 이론적 저작들인「시지프의 신화」,「반항하는 인간」을 읽고 무신론적 실존철학에 빠졌다. 의과대학 문집에「부조리와 반항」이라는 제목의 내 생애 최초 논문을 기고하며 '알베르 까뮈론'이라는 부제를 붙

였다. 까뮈가 내 가슴에서는 영원히 살아 꿈틀거릴 듯 보였다. 그러나 몇 년 지나 나는 교회로 돌아갔고 까뮈의 철학 역시 내 속에서는 불태워졌다.

그래도 그를 완전히 잊지는 않았다. 그는 의학소설「페스트」를 남겼다. 나의 의학사 수업 때마다 그는「페스트」와 함께 다시 불려 나왔다. 뿐만 아니라 그가 남긴 문학사의 기념비적인 서문은 도저히 떠날 수 없었다.

그의 스승 장그르니에 소설「섬」의 서문은 노벨상수상으로 이미 청출어람이 되었던 까뮈가 썼다. 저서에 비해 과한 듯한 이 서문은 역사에 남는 기념비적 서문으로 평가받는다.

"과연 이 책은 우리가 우리의 왕국으로 여기고 있던 감각적인 현실을 부정하지는 않으면서도 그와 병행하여 우리들의 젊은 불안이 어디서 오는 것인지를 설명해 주는 또 다른 현실을 보여주었다. 우리가 확실히 알지 못하면서 막연하게 체험한 감격과 긍정의 순간들은 그르니에의 가장 아름다운 페이지들의 원칙이거니와 그는 그것의 영원한 흥취와 동시에, 그 덧없음을 우리들에게 상기시켜 주었다.
……
길거리에서 이 조그만 책을 열어본 후 겨우 그 처음 몇 줄을 읽다 말고

는 다시 접어 가슴에 꼭 껴안은 채 마침내 아무도 없는 곳에 가서 정신

없이 읽기 위하여 나의 방에까지 한걸음에 달려가던 그날 저녁으로

나는 되돌아가고 싶다.

……

오늘 처음으로 이 '섬'을 열어보게 되는 저 낯 모르는 젊은 사람을 뜨거

운 마음으로 부러워한다."

반면 자연과학 책의 서문은 건조하다. 문체에도 내용에도 감동이 없다. 책 내용을 짧게 요약할 뿐이다. 하지만 예외적인 서문이 없지 않다. 나는 「The Clock of Ages: 노화시계」라는 책의 특별한 서문을 잊지 못한다.

이 책의 서문은 "어머니에게 마지막 말을 건넬 시간이었다"로 시작한다. 죽음을 시사하며 독자를 긴장시킨다. 그리고 어머니가 거울을 바라보며 늙어가는 얼굴을 한탄하던 장면으로 이어진다. 철없던 저자는 그 때 마다 어머니의 애창 곡인 「The rock of Ages(만세반석 열리니)」 제목을 빗대어 "The clock of ages(노화시계)"는 누구도 멈출 수 없다고 놀렸다. 그의 저서 이름은 그의 철없던 행동에서 잉태되었음을 독자들에게 알린다. 다음은 저자가 대학진학으로 집을 떠나기 직전 방으로 불쑥 들어온 어머니 기억으로 이어진다. 어머니는 헐리우드에서

영화 데뷔를 앞두고 관계자의 추파를 뿌리친 댓가로 영화배우 경력을 포기하였다는 오래 숨겨둔 이야기를 꺼내었다. 그리고 젊은 시절의 눈부시게 아름답던 사진들을 아들에게 건내고 방을 나갔다. 그때의 어머니 쓸쓸한 뒷모습이 병상의 어머니와 겹쳐진다. "TV를 꺼 주렴!" 이 부탁이 그녀의 마지막 말이었다. 어머니가 잠들자 저자는 밤새 운전하여 노화연구에 매진하던 실험실로 돌아갔다. 1주 뒤 어머니는 노화시계와 벌였던 전쟁의 종국을 맞는다.

자연과학 책 서문에도 이런 이야기가 가능한 이유는 노화의 끝이 인생 허무의 근본인 죽음이기 때문일 것이다. 이 서문을 읽은 경험 때문에, 매번 실망을 거듭하면서도 나는 새 전공 서적을 구입하면 서문을 허투루 뛰어넘지 않는다.

# 물

"물은 좋겠다. 준용이를 70% 나 차지하여서!"

약관의 롯데자이언츠 투수 최준용을 응원하는 한 소녀의 재기 넘치는 응원 문구이다.

몸의 70%를 차지하는 물의 과학적 정체성은 $H_2O$이다. 수소 둘 산소 하나로 구성되었다. 물리화학적 특성 덕에 몸에서 다양한 역할을 수행한다. 물은 컵 속에서 설탕을 녹여 풀어주듯, 세포 속 각 성분들을 물에 풀어 녹여준다. 물은 효소가 작용하여 일어나는 여러 생화학반응의 산물이기도 하다. 또 물은 다른 분자의 생물학적 구조를 결정한다. 세포막의 이중 지질층, 단백질의 주름짐 그리고 여러 분자들이 조립되어 거대분자를 형성하는데 기여한다. 이런 구조가 형성될 때 물은 자리를 비켜 빠져나가 소수성 결합을 유도하여 생물학적 구조물들을 안정화시킨다. 물은 반대로 두 성분 사이에 수소결합을 유도하여 작은 분자들을 큰 분자로 만드는 역할도 한다. 이처럼 물은 자기 위치를 벗어나서도 지켜서도 몸에서 중요한 역할을 한다.

90년대 어느 날 한00 박사와 함께 장기려 박사 병실을 방문하였다. 방문객들을 알아보신 장기려 박사는 대뜸 힘을 내시어 말을 꺼내셨다.

"한박사 늙으면 물이 마른다고 했지? 내가 늙어 물이 말라 이리 되었네!"

재미 노화연구자 한박사는 조국을 가끔 방문하여 노화기작에 대하여 강의하시며 노화와 물의 관계를 특히 강조하셨던 분이다. 노화과정에 따라 피부 속 물이 줄어들면 피부가 주름지며, 연골 내 물이 줄어들면 연골 탄성이 줄어든다. 병상의 장기려 박사께서 이 강의내용을 기억해 내시어 병환을 적절히 설명해 내시자 우리 눈물샘은 자극받아 물을 왈칵 쏟아냈다.

물은 과학적 정체성을 넘어서도 가치를 발휘한다.

물은 오래 전부터 철학의 소재가 되었다. 철학은 본질을 묻는 학문이다. 약 2500년 전 탈레스는 만물의 근원에 대하여 질문을 던졌다. 앎 자체가 목적인 질문에 대해 그는 물이 만물의 근원이라는 답을 내었다. 그는 모든 존재의 유사점이 물이라는데 착안하였다. 본질에 대하여 최초의 질문을 던지고 답한 그는 신화를 벗어나 철학의 지평을 열었다. 현대 과학의 지식으로 탈레스의 시각을 수긍하지 못하더라도 물은 최초의 철학자를 탄생시켰다.

프랑스 철학자 가스통 바슐라르는 물에 상상력 개념을 덧붙여 주었다. 바슐라르는 객관적 진실의 세계와는 다른 주관적 진실의 세계가 존재한다고 믿었다. 이성 혹은 지각과 대비되는 이 세계를 그는 상상력 혹은 무의식의 세계라 주장하였다. 베르그송이 지성과 대비하여 구분한 직관과 같은 개념이다. 서구인들의 정신세계에서 과학과 이성만이 중시되던 시대에, 바슐라르로 인해 상상력도 정신세계의 한 모퉁이로 인정받게 되었다.

바슐라르는 인간의 상상력이 물질세계에 바탕을 두고 있다고 믿었다. 불 공기 흙과 함께 물도 인간 상상력의 바탕이다. 바슐라르로 인해 물은 사람 상상력의 매개체로 해석되기 시작하였다. 그는 물과 인간의 상상력에 대한 저서 「물과 꿈」을 남겼다.

  사람들은 물을 신성하게 여긴다. 물을 창조의 원천으로 보고 생명력을 상상한다. 고요한 물에서 부드러움을 상상하는가 하면 급류에서 난폭함을 상상하기도 한다. 흐르는 물에서 감정의 흐름이나 동요를 상상한다. 물이 모이는 바다에서는 생명의 모태를 상상하고 자궁 혹은 어머니에게 이른다.

  바슐라르 이전부터 그리고 이후에도 수많은 예술작품에서 물은 인간의 상상력에 의해 동원되었다. 헨델, 슈베르트, 모노 등에 의해 $H_2O$는 한정된 물질세계를 벗어났고 인간의 삶을 확장시키는 데 사용되었다. 시인 임보는 "물로 가슴을 베인 적이 없는가?" 물으며 몇 방울의 눈물방울이 사람의 가슴을 베는 칼이 된다고 읊었다. 시인 마종기는 인간이 죽어 물이 되는 쓸쓸함을, 사랑하는 사람의 일부가 되는 과정으로 승화시켰다.

  망망대해를 항해해본 선원들에게 물은 지구의 주인공이다. 의학자에게 물은 몸의 주인공이다. 그리고 모든 인간에게 물은 상상력을 매개하여 영속되는 가치를 창조하는 정신세계의 주인공이다.

# 이기적 유전자와 생명의 음악

리처드 도킨스의 「이기적 유전자」는 이미 오래 전 대학생 필독서가 되었다. 국내 대학들의 추천도서 목록에서 빠지지 않는다. 유전자가 사회문화적 권력을 획득하였기 때문이다. 유전자를 중심으로 설명하는 분자생물학은 현대 생명과학과 의학에서 지배적인 지위와 권위를 차지하였다. 「이기적 유전자」는 이런 경향을 촉진시킨 책 중 하나이다. 그리고 스스로 일으킨 유전자 권위의 수혜를 되돌려 받아 그의 책은 45년 동안 잘 팔리는 스테디셀러의 위치를 누렸다.

나는 의과대학을 졸업한 의사이지만 경력의 대부분을 기초의학 연구에 바쳤다. 내가 의학연구에 매진한 지난 35년 기간은 유전자 생명관이 압도하던 시기였다. 현대 기초의학 연구는 유전자 생명관을 정상과학으로 전제하고 그 틀 속에서 움직인다. 특히 인간제놈연구 이후 인체의 모든 유전자 발현을 제어하면서 연구가 가능하게 되었다. 특이 유전자의 기능을 항진시키는 유전자 과발현법과 특이 유전자 기능을 억제하는 유전자 침묵법은 내 실험실에서도 기본적인 연구기법이었다. 나 역시 유전자 패러다임 속의 한 과학자이다.

그러나 나는 「이기적 유전자」를 생명과학 분야 대표적인 도서로 여기는 경향에는 동의하지 않는다. 최근 우리나라에서는 이 책이 자연계열 진학을 준비하는 고등학생들의 필독서 위치까지 차지하였다. 독후감과 유명 학원강사들의 강의 동영상이 인터넷에 널려 게시되어 있다. 더군다나 의과대학 진학을 희망하는 학생들의 필독서 목록에 이 책이 들어 있어 나는 이를 못마땅하게 여긴다.

이 책은 유전자를 중심으로 생명현상을 설명한 책이 아니다. 저자가 밝혔듯 생명체가 이기적인 존재인지 이타적인 존재인지를 탐구한 책이다. 유전자가 지배하는 생명현상을 이해하기 위하여 이 책을 읽는다면 목표를 달성할 수 없다.

이 책의 내용도 지속적으로 비판을 받고 있다. 이 책은 모든 동물은 이기적으로 태어났으며 이기주의를 만들어내는 기본 단위는 집단도 개체도 아닌 유전자라고 주장한다. 도킨스에 의하면 생명체는 유전자를 매개하는 기계에 불과하다. 그는 모든 생명현상이 유전자에 의하여 결정된다는 유전자 결정론 입장에 서 있다. 이 책에 의하면, 유전자는 자기 생존과 번영을 위하여 유기체의 행동을 완전히 지배한다. 부분으로 전체를 설명하려는 환원주의 입장은 강한 비판을 받아 마땅하다. 아무리 유전자가 현대 생명과학에서 주요한 권위를 가졌지만 모든 생명체를 유전자로 환원하여 설명하는 철학적 태도는 한계를 가진다. 부분의 합은 전체가 아니기 때문이다.

이러한 유전자 결정론적 태도는 사회생물학의 영향이 확대되면서 더 큰 오류를 빚고 있다. 사회생물학자들은 모든 사회적 동물의 행동은 유전자 코드에 의하여 정하여진다고 설명한다. 인간의 사회적 행동조차도 유전자 체제가 표현된 형태라고 설명한다. 우리가 고귀하고 희생적이라 보는 자식에 대한 부모의 사랑도 유전자가 자신의 번성을 위하여 인간을 조종하기 때문이라는 설명은 타당성이 매우 부족하다. 자식을 이타적으로 사랑하는 부모는 유전자프로그램을 따르는 반면, 자식을 사랑하지 않는 부모는 유전자에 저항한다는 설명이 도대체 어떻게 가능한가? 사회생물학은 인간의 본능적 행동영역을 설명할 수 있으나 인간의 행동의 다양한 의미를 설명할 수는 없다.

따라서 생물에서의 이타주의를 탐구한 이 책은 색다른 관점을 제기하였다는 가치가 있을 뿐이다. 이 책은 과학서적이라기보다는 철학서이다. 흥미를 끌어 베스트셀러 반열에 올랐다 하더라도 균형 잡힌 독서가 필요한 학생들에게 필독서로 추천할 만한 책이 아니다.

「이기적 유전자」가 공고한 위치를 차지한 현 시점에서 나는 데니스 노블의 「생명의 음악」도 필독서 목록에 올려놓기를 제안한다. 「생명의 음악」은 생명의 신비를 음악의 요소로 대비하여 풀어낸 책이다. 생명은 음악가, 음조, 공연장이 모여 하모니를 이룬 음악과 같다. 생명현상은 복잡한 그물망에서 이루어진다. 가장 낮은 레벨의 분자나 유전자로 따로 떼어 놓고 이해하려 하면 안 된다. 생명과학도에게도 데니스 노블의 이런 견해가 필요하다. 악보, 작곡가, 공연장이 음악 자체가 아니듯, 유전자도 생명 자체는 아니기 때문이다.

# 소진과 부신

메이저리그 LA 에인절스 소속 타이 버트리라는 투수가 고작 28세 나이에 은퇴를 선언하였다. 고교시절부터 강속구를 던졌던 이 유망주는 2012년 명문 보스턴 레스삭스의 지명을 받았지만, 입단 후 성장이 더디어 하위리그에서 긴 시간을 보냈다. 2018년. 그에게 갑작스레 기회가 찾아왔다. 유명선수의 트레이드 여파로 LA 에인절스 유니폼을 입게 되었다. 그는 새로운 팀에서 메이저리그에 데뷔하는 행운을 얻었고, 그 해 말미에는 능력을 인정받아 마무리 투수로 마운드에 올랐다. 이후 그는 만개한 기량을 보여주면서 철벽 불펜요원이 되었다. 2021시즌 개막 무렵 갑작스런 은퇴를 선언한 그는 은퇴의 변을 다음과 같이 설명하였다.

"그동안 메이저리그 야구선수로서의 내 재능을 믿지 않는 자들에게 나에 대한 평가가 틀렸다는 것을 입증하기 위하여 야구에 매달렸다. 지난 몇 년 활동으로 나는 이를 입증하였다. 이후 내게 야구는 더 이상

승부가 아닌 비즈니스가 되었다. 나는 월드시리즈 우승이나 명예의 전당에 오르는 꿈을 가지고 있지 않다. 야구에 대한 사랑과 열정이 급격하게 식었으니 나는 이제 야구를 떠난다."

이 기사를 읽으니 2006년 어느 여름 날 만난 제천의 한 농부가 생각났다. 내가 소프라노 색소폰을 중고 장터에 내놓자 그는 내게 전화하여 인수의사를 전했다. 다만 농사일 때문에 즉시 방문할 수 없으니 비가 내릴 때까지 기다려 달라고 부탁하였다. 며칠 지나 비가 내린 날 새벽, 그는 내게 전화하여 출발을 알렸다. 몇 시간 후 노크 소리가 들려 문을 열자 한 말쑥한 신사가 서 있었다. 몇 마디 나누는데 말투와 대화 내용이 범상치 않았다. 나는 그가 강남 금융가에서 대단한 경력을 쌓았던 분임을 알게 되었다.

50대 초에 그에게 자신의 삶에 대한 회의가 폭풍처럼 밀려왔다. 경쟁하면서 자존심으로 뭉쳐 살던 자신의 무대가 갑자기 어색하여졌다. 색소폰에 빠져들었다. 그는 다른 세상을 보게 되었다. 별을 바라보면서 색소폰을 실컷 불고 싶은 꿈이 움틀대어 자신을 제어할 수 없었다. 그는 자신의 경력을 접기로 하였다. 제천에 이웃과 멀리 떨어진 집 한 채를 구하였다. 농사일은 색소폰 연주를 합리화시켜 주는 포장된 생업이었다. 그는 내게서 구한 소프라노 색소폰으로 연주지평을 넓힐 기대에 부풀어 제천으로 돌아갔다.

심신의 피로가 누적되면 누구라도 재미와 열정을 잃게 된다. 어느 날 문득 목적의식, 가치관과 정체성의 혼란이 물밀 듯 밀려오면 자신의 현재를 던져 버리고 싶어진다. 몸과 마음이 장기간 피로하면 만성피로증후군이라 부른다. 이런 심리적 상황을 소진이라 칭하기도 한다. 소진이란 개인 혹은 사회 혹은 개인과 사회 양자로부터 요구되는 기대수준을 충족 시킬 수 없는 상황의 지속을 의미한다. 일에 대한 스트레스에 지속 노출된 결과이다. 위 두 사람은 상황을 벗어나려는 무의식의 강한 외침에 순응하여 직장도 생업도 떠나고자 결심하였다.

나는 기초의학자이다. 몸에서 일어나는 생명 기작을 해석하는 일이 나의 본분이다. 기초의학자의 직업정신으로 이들의 몸이 맞은 상황을 부신 중심으로 해석해 본다.

부신은 중추신경의 자극을 받아 스트레스 호르몬인 코티솔 등을 합성하여 분비한다. 스트레스 호르몬들은 일순간의 긴장을 감당하는데 필요하다. 적당한 스트레스가 주어졌을 때 그들의 몸에서 스트레스 호르몬들이 증가하였다가 이후 회복되었다. 그러나 스트레스가 지속되자 부신은 마침내 지쳐 기능을 다할 수 없게 되었다. 스트레스로부터 자신을 지켜내는 호르몬들이 더 이상 나오지 않자 스트레스를 견디는데 필수적인 자율신경조절능력에도 장애가 왔다. 병에 대한 방어 능력도 손상되었다. 그들의 몸에서는 여러 이상 신호들이 나타났다. 삶을 감당할 수 없었다.

한 사람은 색소폰으로 스트레스에 노출되던 생활패턴을 벗어났다. 그는 이미 부신의 기능을 회복하고 심신의 안정을 이루었다. 공을 놓은 버트리도 언젠가 일상으로 돌아올 것이다. 그 소식은 그의 부신이 회복되어 정상적으로 기능하기 시작하였다는 신호가 될 것이다. 여러분에게 묻는다.

"당신의 부신은 피로하지 않습니까?"

# 볼바키아 피피엔티스

10여 년 전 한 연예인이 무단으로 방송 스케줄을 펑크내자 곧 바로 원장도박 의혹이 제기되었다. 도박 비난에 압박을 받은 당사자는 조작된 사진 한 장을 내어놓고 뎅기열로 병원에 입원하였다고 거짓말을 하였다. 이 공개적인 거짓말로 그는 몰락하고 말았다. 이 사건으로 우리 국민들에게 생소하였던 뎅기열은 큰 관심을 받게 되었다.

뎅기열은 동남아시아와 열대 지방에서는 흔한 감염병이다. 뎅기바이러스를 가진 이집트 숲모기에 물려 발생한다. 우리나라에는 해당 모기가 없지만, 해외여행을 다녀온 여행객들이 뎅기열을 앓아 주의가 요구된다.

최근 뎅기열은 볼바키아 피피엔티스라는 한 세균으로 인하여 전 세계의 주목을 받고 있다. 이 세균을 이용하여 뎅기열을 소탕하려는 계획이 성과를 내었기 때문이다.

1924년 볼바크는 미국에서 채집된 빨간집모기에서 새로운 미생물을 발견하였다. 오래 지나 그의 친구는 친구 이름 '볼바크'와 세균을 옮기는 모기 '피피엔티스'를 조합하여 이 세균 이름을 지었다. 이 균은 질병과는 관계없다고 여겨져 수십 년 동안 큰 관심을 받지 못하였다. 하지만 20세기 말에 이르러 볼바크 여러 균주들이 곤충 선충 등에서 발견되면서 주목을 받기 시작하였다.

먼저 한 무리의 암컷 벌들에서 발견된 볼파크 균주 하나가 관심을 끌었다. 이 균주에 감염된 벌 무리들은 수컷 없이 무성생식으로 번식한다는 사실이 밝혀졌다. 과학자들은 이 벌 무리에 항생제를 투여하여 볼바키아 세균을 죽여 보았다. 놀랍게도 이 벌 무리에서 수컷이 재등장하고 양성생식을 회복하였다. 또 다른 연구에서는 쥐며느리 수컷이 볼바키아에 감염되면 호르몬 교란으로 암컷으로 변형된다는 사실이 발견되었다. 남방오색나비도 볼바키아에 감염되면 수컷의 비율이 현저히 떨어졌다. 볼바키아는 생식세포를 통하여 숙주의 다음 세대로 전염된다. 볼바키아 입장에서 정자보다는 난자가 생존하기 더욱 유리한 공간이다. 과학자들은 볼바키아 균이 수컷을 죽이거나 수컷을 암컷으로 만들어 자신들의 개체수를 확대하기 위하여 숙주를 교란한 결과로 해석하였다.

일군의 학자들은 볼바키아 균의 이런 특징을 이용하여 모기에게서 인류를 구원하는 전략을 개발하기 시작하였다. 볼바키아를 이용한 모기 박멸 연구는 대륙과 분리된 섬에서 실시되었다. 미국 과학자들은 광저우의 두 유인도에서 볼바키아 균을 감염시켜 흰줄숲모기를 멸종시켰다. 이어진 다른 여러 섬에서 수행된 연구들에서도 모기 개체수가 현저히 떨어졌다. 모기 멸종이 자연생태계에 초래할 수 잠재적 위험도 제기되지만 이 방법은 천연세균을 사용한다는 점에서 유전자변형보다는 더 안전하다고 지지를 받고 있다.

뎅기열을 옮기는 이집트숲모기 제어에는 볼바키아 피피엔티스 균주가 사용되었다. 과학자들은 이 균이 감염된 이집트숲모기가 암컷과 짝짓기 하면 이들이 낳은 알은 부화하지 않는다는 것을 밝혔다.이 균이 감염되면 뎅기바이러스의 복제를 차단하여, 이 균이 감염된 이집트숲모기에 사람이 물려도 뎅기열에 걸리지 않는다는 사실도 알게 되었다. 이 두 가지 특성을 이용하여 뎅기열을 제어할 수 있다는 가능성이 열렸다.

마침내 무작위대조군연구가 실시되었다.과학자들은 이 균이 감염된 모기의 알을 인도네시아 요그야카르타 섬 자연에 지속적으로 방출하였다. 이 균에 감염된 모기들이 해당지역 모기 개체군에서 확산되었다. 감염된 모기알 방출이 시작된 지 10개월이 되니 모기 80% 이상에서 이 균이 감염되었다. 이 볼바키아 균주에 감염된 수컷이 감염되지 않은 야생의 암컷과 교미하여 낳은 알은 부화하지 않았다. 모기 수는 현저히 감소하기 시작하였다. 연구팀은 같은 기간에 1차 의료기관을 방문한 열병환자를 조사하였다. 모기 알이 방출된 지역에서 뎅기열 환자 발생은 대조군에 비하여 현저히 감소하였다. 연구자들은 이 연구결과를 권위있는 의학잡지에 보고하였다. 이 볼바키아 균주에 감염된 모기는 말라리아에 저항성을 가진다는 등 위험성도 제기된다. 하지만 볼바키아 피피엔티스를 이용하여 남태평양 섬에서 뎅기열 발생을 줄이는 생물학적 방법은 크게 주목을 받고 있다.

세균이 모기로부터 사람을 구원한다!

# 몸 속 아몬드

사람 몸에 아몬드 모양의 구조물들이 있다. 아몬드 산지와 거리가 먼 동양인들에게 이들은 편평한 복숭아 씨로 보여 '편도'라는 이름을 얻었다. 목구멍에 존재하는 아몬드 모양의 림프조직 덩어리는 편도선이라 불린다. 위치에 따라 구개편도선, 혀편도선이라 불린다. 뇌 깊은 부분인 변연계에 위치하는 아몬드 모양 신경조직 덩어리는 편도체라 불린다.

내 몸에는 지금 이 아몬드들 중 하나가 없다. 잦은 편도선염과 농양으로 고생하던 나는 27년 지니고 있던 구개편도선을 제거하는 수술을 받았다. 기능이 과하여 제거된 구개편도선 대신 소화기나 호흡기 입구에서 감염을 예방하는 임무는 목구멍 주위 다른 편도선들이 담당하고 있다.

구개편도선과 달리 내 뇌 속의 아몬드는 64년 째 내 몸 속에 존재한다. 그리고 이제까지 과하게 기능하였다.

뇌의 변연계에 속하는 편도체는 감정을 결정하는 중요한 부분이다. 여러 감각들은 각각의 감각중추에 신호가 전달되기 전에 편도체에서 감정을 생성한다. 어두침침함 혹은 낙숫물 소리 같은 객관적 감각이 편도체로 전달되면 두렵다는 감정을 생성한다. 생성된 감정은 이웃 해마로 전달되어 기억으로 남겨진다. 감각을 느껴 감정을 생성하며 이 감정을 기억으로 남기니 편도체는 감정의 중추라 불린다.

편도체는 특히 공포와 두려움에서 큰 역할을 한다. 두려움은 본능적 공포이자 학습된 감정이다.

실험동물에서 편도체를 제거하면 두려움이 사라진다. 쥐의 편도체를 제거하면 고양이도 사람도 두려워하지 않는다. 두려움이 없으니 공격성도 사라진다.

편도체는 공포에 대한 기억에도 관여한다. 이는 공포 조건화 시험을 통하여 입증되었다. 실험동물에 전기 충격으로 공포를 유발한다. 반복적으로 전기 충격을 주면서 특정 소리를 동시에 들려주면 동물은 특정 소리만 들어도 공포반응을 일으킨다. 그러나 편도체를 제거한 동물은 특정 소리에 대해 공포반응을 보이지 않는다. 이 실험으로 편도의 기능이 공포의 기억 및 학습과 관계있다는 점을 알게 되었다.

사람의 편도체 기능은 편도체 기능에 이상이 있는 환자를 조사하여 입증되었다. 편도체가 파괴된 한 여성은 타인의 화난 감정이나 두려운 표정을 이해하지 못하였다. 심한 간질 때문에 편도체가 포함된 뇌의 일부를 제거하는 수술을 받은 남성은, 가족 모두를 잃은 뒤부터 시달렸던 죽음의 공포에서도 벗어나는 뜻밖의 행운을 얻었다.

불안증이라는 감정 장애를 편도체의 지나친 활성으로 설명하기도 한다. 편도체가 전전두엽 통제를 벗어나 과하게 활성화되면 불안을 강하게 느낀다. 편도체 기능이 밝혀지면서 편도체를 다스려 불안과 공포와 같은 감정을 조절하려는 시도가 이루어졌다. 편도체의 활성을 억제하여 공포기억을 제거하고 불안을 해소할 수 있다는 자극적인 보도가 이어졌다. 하지만 이를 적용하기는 단순하지 않다. 앞서 언급한 간질 남성의 경우 편도체 제거 수술 후 공포가 사라졌지만, 폭력배에 포위되어도 두려움이 없이 덤덤하여 스스로 당황하였다. 적당한 불안도 쓸모가 있다. 불안제거가 순작용만 가져오지 않는다.

최근의 신경심리학 연구는 정치성향이 뇌의 활성과 관계있다고 알려준다. 편도체는 보수적 태도와 깊게 관련이 있다. 편도체 용적이 클수록 정치적으로 보수적인 경향이 크다는 보고가 나왔다. 정치적 보수성이란 기존의 사회, 경제 및 정치적 상황을 공정하고 합리적이라 긍정하는 태도이며 사회상황의 급격한 변화를 부정하는 경향이다.

나는 불안이라는 정신방어 기작에 매몰되어 살았다. 늘 걱정이 팔자였다. 불안은 위험을 감지하여 내게 신호를 보냈다. 나는 항상 비상상황을 대비하는 유비무환의 생활습관으로 무장하였다. 늘 바빴다. 부지런하였다. 이 부지런함으로 성취를 이루었으니 불안은 내게 에너지가 되기도 하였다. 내 불안은 편도체 활성과 관계 있을 것이다. 내가 정치적으로 보수적인 이유도 설명된다. 편도체가 심하게 활성화되어 있으니 나는 급격한 변화를 두려워한다.

내 뇌 속 아몬드는 지난 64년 동안 과도하게 활성화되어 있었다. 아마 내 편도체의 용적도 평균 이상이리라 추측한다.

# 2부
# 비의료인문학

# 4장

–

# 잊혀지지 않는 책

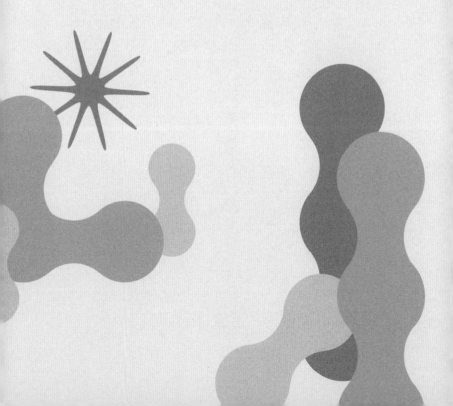

# 잊혀지지 않는 책

　의학을 공부한다고 해서 자연과 인생에 대하여 도대체 무엇을 이해하게 될 것인가 하는 상념에 빠져들곤 하던 초기 의학도 시절에 내가 한권의 책을 만나지 못하였더라면 나는 지금도 의학은 철학이 없는 기술과 같은 것이라고 오해하고 있었을 것이다. 자크 루시앙 모노의 「우연과 필연」. 과학자에 의하여 쓰여진 철학서라는 짧은 소개의 글에 혹하여 펼쳐든 국내 첫 번역서는 형이상학적 과학이라는 나름의 결론을 내리게 하였고 한동안 나를 크게 지배하게 되었다. 학창시절에 읽었던 책들 중 깊은 감명을 받았던 책을 소개하여 달라는 요청에 나는 이 책을 추천하고자 한다. 다만 추천하고 싶은 책이라기 보다는 잊혀지지 않는 책이라는 부제를 달고 싶다. 이 책은 나로 하여금 기초의학도가 되도록 하는데 결정적인 영향을 미쳤지만 지금 나는 이 책이 말하는 것과는 비교적 반대 편에서 나의 작은 철학을 세워가고 있기 때문이다. 나는 이 책이 젊은 의학도들에게 다양한 사상적 도전을 줄 수 있는 훌륭한 책이라고 생각하기 때문에 간단한 소개를 하고자 한다.

「우연과 필연」은 1910년에 태어나 1965년 노벨 생리 의학상을 수상하였던 분자생물학자 모노가 타계 5년 전이었던 1971년 발표하였던 과학적 철학서적이다. 발간되자 마자 유럽 지성계에 일대 파문을 일으키면서 전 세계로 퍼져나가 베스트셀러가 되었고 현재에 이르러서는 아예 현대의 고전 반열에 올라서 있는 명저이다. 모노는 과거의 관념적인 철학적 체계에 근거한 생명론들에 반기를 들고, 적응효소, 오페론, 알로스테릭 단백질의 유전장치에 대한 연구 과정에서 얻어진 분자생물학적 지식에 입각하여 새로운 생명론을 펼쳐나간다. 그는 모든 생명현상을 분자운동으로 믿었고 생물을 물질적 존재라고 믿었다. 그리고 이러한 생명현상에는 어떠한 목적도 개재하지 않는다고 주장한다. 따라서 생물권의 보편적 법칙, 진화에 이르는 데도 어떠한 목적이 작용하는 것은 아니며 단지 그 원인은 우연적으로 일어난 유전정보의 착오일 뿐이라는 것이다. 그러나 생명현상이 거시적으로 반복되는 이유는 일단 생물로서 분자세계에 포함이 되면 우연은 기계적으로 복사되며 확실한 필연의 세계에 들어가기 때문이라는 주장이다. 그는 모든 생명계가 물질계 자체에 불과하다면 인간들이 만들어 놓았던 모든 기존의 가치들은 인간적인 것이지 본질적인 것은 아니므로 과학적 지식에 입각한 새로운 철학과 윤리가 창조되어야 한다고 주장한다. 객관적인 지식 만이 믿을 수 있는 유일한 원천이라고 생각한 그는, 과학에 의하여 제공되는 힘외에도 과학적 메시지를 받아들여야 한다고 강조하면서 과학적 지식에 입각한 가치판단이야 말로 가치를 정당화하기 위하여 물활론적 전통에 매달림으로써 야기된 현대문명의 모순을 극복할 수 있는 유일한 방법이라고 결론을 내린다.

본서는 몇 가지 점에서 비평되고 있는데 첫째로, 20세기 과학이 주는 지식과 이것이 암시하는 윤리, 철학을 강조하기는 하였지만 그 철학과 윤리가 무엇인가 하는 점을 제대로 설명하지 못하고 있다는 점이다. 이는 그가 본서를 발간하고 곧 타계함으로써 아마도 그가 준비하고 있었을지도 모르는 다음 저술이 이어지지 못하였기 때문일 수도 있다. 둘째로 유전장치라는 대단히 매혹적인 과학적 사실들이 새롭게 밝혀지기 시작할 무렵, 이 오묘한 기전에 매료되어 과학적 사실에 지나치게 강한 의미를 부여하였던 것이 아닌가 하는 지적이 있다. 셋째로 그가 강조한 과학적 지식조차도 한시대의 사람들에 의하여 사실이라고 믿어지는 것일 뿐 절대적으로 불변하는 것일 수 없다는 점이다(실제로 모노 생전에 진리라고 믿어졌던 많은 것들이 다르게 설명되고 있다).

그러나 이러한 지적에도 불구하고 자연과학적 현상을 근거로 새로운 철학을 정립하려고 시도한 모노의 역작은 인류의 사상사에 큰획을 그었으며, 단순히 기술적인 측면 만이 아니라 사상적인 측면에서도 20세기 후반부를 생명과학의 시대라고 부를 수 있는 주된 이유가 되기도 하였다.

따라서 「우연과 필연」은 자연과학을 공부하는 젊은 학도들이 한번은 꼭 읽어 보아야 할 필독서라고 생각한다. 반면 이에 대한 비평도 다양한 만큼 개인적인 반추와 검증도 꼭 필요하다고 당부하고 싶다. 이 책이 유럽에서 처음 간행되었을 떼 초판 수십만 부가 단시일 내에 매진되었다고 한다. 이 후 세계 각국의 독자들이 본서를 읽고 비교적 어렵고 수준이 높은 책이 그토록 많은 유럽인들에 의하여 읽혀졌다는 사실에 놀랐다는 후문도 전해진다.

나는 여기서 수학적 방법으로 신을 검증하여 나아간 고전 스피노자의 「에티카」를 떠올려 본다. 「우연과 필연」과 「에티카」는 의과대학 시절 나를 크게 지배한 책들이다. 목적을 가지고 자연계를 지배하는 힘 또는 신이라는 실체에 대하여 관심을 가지는 청년이라면 땀흘리며 도전해 볼만한 책들이다.

# 학회참석기

1983년 대한해부학회 학술대회는 설악산에서 개최되었다. 내가 대학을 졸업하고 해부학회 회원이 된 첫 해의 학술대회였다. 그러므로 가톨릭대학에서 열린 1999년 학술대회는 순전히 내 개인적 입장에서는 16번째 되는 학회였다. 이 학회를 참관한 감상을 적어 달라는 부탁을 받고 16살 소년의 신선한 시각으로 글을 써내려 갈 수 있으면 좋으련만 중년의 진부한 회상으로 시작하는 자신을 볼 때 별 뾰족한 감상문을 쓸 수 없을 것 같아 우선 답답하다.

두 분의 초청특강은 특강자가 자신의 지난 연구들을 집합적으로 모아 열성적으로 전하여 인상적이었다. 하지만 우리 회원들 대부분은 지난 학회의 특강들에 대하여 크게 만족하지 못하고 있다. 국제학회의 참석이 잦아지면서 세계적 석학들이 특강하는 학회를 많이 접한 회원도 많을 뿐더러 국내의 이웃 학회들만 하여도 상당한 특강자들을 초청하여 최근의 정보를 얻고 있다. 간단한 초청강연에서도 훌륭한 연구자들의 강연을 접할 기회가 많다. 그러나 우리 학회는 친소관계에 의하여 초청되는 예가 많고 개인의 과거 연구를 나열식으로 전달하는 것이 대부분이라 새로운 지식을 얻고자 하는 회원들의 요구를 충족시키지 못하고 있다. 비용부담이 따르겠으나 나는 앞으로 특강만은 충실하게 짜여지면 좋겠다는 바람을 가지고 있다.

16년 전 학회에서는 포스터 전시는 없었고 구연도 한 곳에서만 실시되었다. 몇 년 전부터 구연발표장이 둘로 나뉘고 포스터 전시도 활성화된 것은 발표자 증가로 당연한 흐름이라고 본다. 하지만 구연발표장이 나뉨으로써 학회에서 신경학을 전공하지 않은 회원은 왠지 소수파의 서러움을 느끼게 되었다. 구연발표가 두 곳으로 바뀌면서 항상 큰 발표장은 신경학 연구자들의 발표장이 되었기 때문이다. 나 역시 늘 작은 방에서 발표를 하였고 토론을 하였다. 나 혼자만 이런 느낌을 받는가 하였더니 다른 선배회원도 내게 이런 불평을 하시곤 한다. 2년 전 신영철교수님께서 은퇴를 앞두시고 마지막 구연을 하시던 발표장도 여전히 좁았었다. 선생님을 존경하여 많은 분들이 모였지만 작은 방의 답답한 분위기는 실망스러웠다. 금년에도 신경학 발표장은 특강이 진행되었던 가톨릭대학 의과학연구원의 2층 대강당이 배정되었지만 나머지 분야는 1층으로 내려가 홀을 지난 다음 제법 긴 복도를 따라 들어간 발표장에서 치루어졌다. 신축한 가톨릭대학의 의과학연구원은 규모가 커서 작은 강당도 상당한 크기였지만 비신경학 전공자들은 왠지 썰렁한 느낌을 감출 수 없었다. 아울러 구연발표를 장기 혹은 계통에만 근거하여 분류하는 것이 타당한지에 관한 검토도 필요하다고 생각하였다. 16년 전 자신의 전공과 관계없이 그저 해부학자들의 발표라는 이유만으로 관심이 없는 발표도 억지로 듣던 때는 느낄 수 없었던 새로운 감상일 게다.

내 기억이 틀리지 않았다면 16년 전 학술대회에서 조사선 교수님은 다른 발표자와는 달리 규정시간보다 길게 발표하실 수 있었다. 미국 연수 후 귀국하신 교수님께 좌장은 발표시간을 더 허락하셨고, 회원들은 별 불만 없이 경청하였던 것으로 기억한다. 요즈음은 선진학문을 연수하고 돌아오시는 젊은 과학자가 더욱 많으므로 이런 연구자들에게는 다른 구연과 차별하여 좀 더 많은 시간을 허락하여 학회원들이 간접연수의 기회를 가지는 것도 좋을 듯 하다는 희망도 있었다.

15일 아침 등록 받는 책상 위에 널려 있는 명찰을 쳐다보니 수가 엄청났다. 16년 전 첫 학회장에 들어서며 긴장하며 가슴에 명찰을 달던 기억이 났다. 16년 전에 비하여 학회회원은 배가되었을 것이다. 그만큼 등록자 수도 증가하였을 것이다. 15일 아침의 특강 중에 그리고 기념사진을 촬영할 때는 회원의 증가를 실감할 수 있었다. 포스터 토론이 열기를 띨 때도 그런 느낌을 받았다. 그러나 학회 기간 중 16년 전에 비하여 전혀 회원이 늘지 않았다던가 오히려 줄었다는 느낌을 받기도 하였다. 학술대회장내 들어와 발표를 듣는 회원이 적었기 때문이다. 오랜만에 만난 회원들 간의 사담도 중요하겠지만 학술발표를 좀 더 경청하였으면 하는 소원을 가졌다. 비록 소수가 구연발표를 들었더라도 토론하는 회원이 많았다면 덜 허전하였을 것이다. 열띤 토론을 벌이는 학회도 많다는데 우리 학회는 가능하면 질문 않고 조용히 넘어가는데 익숙한 것 같다.

특히 총회의 회원참석은 극히 저조하여 마음까지 쓰렸다. 총회참석자 수는 16년 전보다 오히려 적어 보였다. 학술대회만 참석하고 총회는 넘기는 회원이 더 많아 진 것이다. 지방에서 올라온 회원도 일찍 떠났고 놀랍게도 서울의 회원들도 참석이 매우 적었다. 학회 사랑하는 마음으로 총회 참석도 열심히 하였으면 좋겠다.

16년 전 학회에서는 만찬이 특별히 즐거웠던 것으로 기억한다. 주관교인 경희대학교의 각별한 애정이 담긴 만찬은 흥겨

웠고 이제는 은퇴하신 교수님들이 무대로 나오셔서 춤을 추시던 기억까지 선명하다. 학회가 주관하게 된 뒤로 이런 즐거움이 사라진지 이미 여러 해 되었다. 주관교 주최의 부작용도 없지 않았으나 다른 학교의 회원들과 함께 어울릴 수 있는 자리가 사라져 가는 것은 마음 아픈 일이다. 앞으로 학회 중에는 늘 만나는 교실사람들 보다는 자주 만날 수 없는 타교 회원들과 친목을 다지는 노력이 의도적으로라도 이루어 질 수 있으면 좋겠다.

학회를 마치며 해부학학술대회를 일년에 두 번 가지는 좋은 방안이 없을까 생각하여 보았다. 현재는 체질인류학회에서 해부학적 주제를 발표할 수 있도록 되어있으나 어정쩡하다는 느낌을 지울 수 없다. 봄에 개최되는 체질인류학회에 해부학회 춘계학술대회를 포함하는 방안을 적극적으로 모색하여야 할 시점이라고 생각한다. 금요일 오전 체질인류학회, 오후 해부학회춘계학술대회의 형태로 진행한다면 체질인류학회에 대한 회원들의 관심도 유지하면서 해부학학술대회의 활성화도 도모할 수 있을 것이라고 생각하였다.

# 책임지고 키워야 할 싹

마오리 끼끼는 파푸아 뉴우기니아의 독립 후 조국의 부수상 겸 외무장관을 지낸 인물이었는데, 놀랍게도 그는 석기시대의 문명을 간직하고 살아가는 식인종의 후손으로 태어난 사람이었다. 그가 고향을 떠나 문명에 눈을 뜨고 이웃 나라에서 의학 교육을 받으며 처음 접한 해부실습시간에 틀림없이 배를 가르면 안개처럼 솟아 올라야 할 영혼이 전혀 보이지 않는 데서 받은 충격은 이루 말할 수 없었다고 한다. 그가 고향 마을에서 듣기로는 사람의 영혼이 배 속에 들어 있다고 하였으며 영혼이 승천하는 것을 도와 주기 위해 죽은 사람을 나무가지 위에 얹어 둔 것도 무수히 보았었기 때문이다. 부모로부터 받은 육신을 등한시 할 수 없다는 우리나라의 유교적 전통의 저면에도 신체 각 부분에 영과 혼이 어떻게든 포함되어 있을 것이라는 생각이 깔려 있었음은 당연하다. 내가 잘 아는 해부학기사 한분은 멀리 출타한 자식이 돌아올 때까지 장례를 연기하기 위하여 방부처리를 원하는 상갓집에 불려 가곤 하였는데, 한번은 상갓집에서 술한잔 대접 받고는 공치고 온 적이 있었다. 이유 인즉, 시체에 칼질을 하여야 한다면 차라리 부패하도록 놔두겠다고 하더란다. 시체의 몸 한부분이라도 소중하게 돌보는 자식들의 지극정성에 그는 탄복하였다고 말하였다.

하지만 이런 생각들이 낳고 있는 문제점을 우리는 너무 잘 알고 있다. 분명 육신이 영혼, 정신과 무관한 것은 아니다. 그러나 죽어 부패할 것이 틀림없는 우리 몸이 사후에까지 그토록 간수되어야 할 가치는 없을 것이다. 질병으로 사망한 사람의 부검이 실행되지 못하면 의학의 발달이 더디다는 말은 어제 오늘의 이야기가 아니다. 형사문제가 걸리지 않은 경우의 부검은 여전히 드물고, 이웃을 위하여 자신의 장기를 나누자는 운동도 관계자들의 열성에 비하면 호응이 지극히 미흡하다고 한다. 의학교육과 연구를 위하여 요구되는 해부용 시체의 경우는 더욱 심각한 실정이다. 생전에 본인의 의사에 의하여 기증된 시체가 해부대에 올려진 예는 단지 몇 번에 불과하고 현재 생존하고 있는 사람으로서 자신의 몸을 해부실습용으로 맡기겠노라는 약속을 한 사람도 얼마 전 까지도 전국을 통틀어 백 명이 안 되었다. 한 번은 어떤 분이 심각한 목소리로 전화가 와서 의학의 발전을 위하여 몸을 맡기겠노라는 약속을 하시길래 그 뜻에 경의를 표하였더니 약속을 지키겠으니 사업자금을 조금 달라고 하여서 어의 없어한 적도 있었다.

이런 문제를 극복하고자 최근 전국의 해부학자들이 솔선하여 사후에 자신의 몸을 연구용 시체로 기증함으로써 많은 후학들과 의료인 및 국민들에게도 동참을 유도하는 계기를 삼아보자는 결심을 하였다. 일본이 의학자들의 선도로 부검에 대한 거부감을 줄일 수 있었던 것과 같은 계기가 되기를 기대하고자 내린 해부학자들의 결정이었다. 해부학자들의 그런 결정은 단기적으로 효과가 있어서 여러 해부학 교실들이 몇몇 사람들의 기증 의사를 받았으며 본 동아대학교 해부학교실에서도 한 분의 고귀한 뜻을 접수할 수 있었다. 그러나 이 운동은 일회성으로 끝나고 말 일은 아니다. 또한 헌혈 및 장기나누기 운동의 확산도 무관하지 않을 것이다. 나는 차제에 전국민이 참여할 수 있도록 의식전환을 위한 여러 노력이 병행되어야 할 것으로 생각한다.

죽은 사람 자신에게는 전혀 의미가 없을 산소들이 국토를 계속 잠식해 나가는 한편에서, 자신의 장기를 나누고 시신을 의학연구에 바치려는 노력이 겨우 싹을 피우기 시작하고 있다. 이 싹을 키워야 할 일차적인 책임은 우리 의료인들에게 있다. 장기를 나누고 시신을 기증하는 것은 이웃 사랑의 좋은 예가 될 것이다.

# 새 부산시장에게 바란다

 2018년 부산시장 선거를 앞두고 의과대 교수인 내게 '새 부산시장에게 바란다'는 제하의 칼럼을 요구하였다. 보통 이런 칼럼을 정치, 행정, 법학 전문가들에게 요구하면 늘 진부한 글들이 나오더라며 오히려 신선한 칼럼을 기대한다는 요구에 응하였다.

 신문사 청에 적절하지 못하다고 거부의 답을 먼저 내었다. 나는 정치 경제 행정 어느 분야 전문가가 아니라서 이런 주제의 칼럼 집필이 옳지 않다고 생각하였기 때문이다. 하지만 대중적이지 않은 주제인 의학사/의철학 칼럼을 1년 넘게 게재하여 준 신문사의 청이라 마다하기 어려웠다. 일개 부산시민의 입장에서 새 부산시장에게 바라는 염원이 없지도 않았다.

 응하고 나니 부산을 떠나버린 수많은 얼굴들이 생각나며 부산이 남고 싶고 돌아오고 싶고 방문하고 싶은 도시가 되어야 한다는 희망이 먼저 떠올랐다. 부산이 타 대도시에 비하여 상대적으로 뒤쳐지고 있다는 우려는 이미 오래된 이슈이다. 수도 서울은 차치하고 성장하는 다른 대도시들에 비하여 부산은 많은 것들을 잃어갔다. 부산시의 위상은 과거에 비하여 현저히 추락하였고, 부산시민들은 이제 무력감에 빠졌다. 부산의 위상 추락은 6.25이후 서울이 수복되면서 시작되었고, 이후 수도권 집중 현상과 동반되어 지속적으로 나타난 현상이지만, 시장이 선거에 의하여 선택된 90년대 중반 이후에 오히려 가속화되었다는 것이 부산 시민들의 일반적인 판단이다.

정치가 개제하고 중앙정부가 엄연히 존재하는 현실에서 지자체 부산의 추락을 민선시장들만의 책임으로 돌릴 수는 없다. 하지만 떠나고 싶지 않고, 언젠가 돌아오고 싶으며 언제나 방문하고 싶은 도시를 만드는데 시장의 역할 공간은 결코 작지 않다. 민선7기 부산시장의 역할에 따라 부산의 현실은 꽤 타개될 수 있을 것이다.

### 부산광역시 CEO, 충장대로에 서라!

1968년 어느 밤. 칠흑 같은 어둠 속에서 초등학교 4년생 필자는 '부두길'로 불리던 충장대로에 서있었다. 파월 백마부대의 지휘관으로 떠나는 고모부의 출항 전날, 내 가족은 고모, 고모부와 식사를 막 마쳤다. 우리는 파병선에 오르기 위하여 항구 출입구를 들어선 고모부를 응시하고 있었다. 고모부는 등 뒤에서 흐느끼는 가족들에게 마음을 전하시려 지휘봉을 허공에 휘저으면서 서서히 우리 시야에서 사라져 가셨다. 영화와 같은 작별의 장면이 남았다. 이 순간 영상은 이후 내 눈앞에서 수시로 펼쳐졌다. 그리고 그 때 마다 내게는 항구 건너편 어둠 속에 드넓게 펼쳐진 부두길 충장대로가 함께 떠올랐다. 짧지 않는 이별의 시간 동안 그 넓은 대로에는 차 한 대도 지나가지 않았다고 기억한다. 어둠 속에 한없이 넓게 자리 잡고 있었지만 너무 한적하였던 그 도로는 내게는 오랜 동안 의문이었다.

후에 항만도시 부산에 이런 도로가 필요하다는 것을 예견한 한 부산시장이 각계각층의 반대를 무릅쓰고 부두길을 건설하였다는 것을 알게 되었다. 부산에 차가 급격히 늘어나기 이전까지 이 부두길은 항만 물류 수송에는 이용되었겠지만, 시민들의 일상생활과는 전혀 관계없던 '쓸데없이 넓은 도로'로 치부되었다. 그러나 부산이라는 도시의 기능을 잘 이해한 한 도시 행정가의 안목으로 탄생한 충장대로는 이후 항만물류수송 뿐 아니라 부산시민의 교통수송로로 큰 역할을 하게 되었다. 지하철1호선 건설 시 좁은 중앙로 정체를 충장대로가 상당부분 감당하였고, 현재에도 번영로로 이어지는 주요 도로로 큰 역할을 수행하고 있다.

새 부산시장은 선출되는 순간 정치인이 아닌 부산이라는 도시의 CEO가 된다. 부산을 맡은 CEO 시장이 이 도시의 미래를 위하여 무엇을 남겨야 하나? 도시행정에 대한 비전문가인 나는 그 방향을 잘 모른다. 다만 감히 요구한다. 새 부산시장은 충장대로에 서라. 그리고 정확히 부산의 미래를 내다 보았던 그 전직시장의 유지를 품고 부산의 미래를 위하여 필요한 안목을 갖추기 위하여 진지하게 고민하는 CEO가 되기를 바란다.

**기꺼이 부산-경남의 경계인이 되라!**

부산의 인구가 급격히 줄어가고 국가경제에 미치는 영향이 초라한 수준으로 떨어질 무렵, 창원, 양산과 김해는 약진하였고 울산은 경남에서 분리되어 도시 위상을 한껏 뽐내게 되었다. 당시 부산 시민들은 부산의 경제력과 인구가 이들 도시로 유출되었다는 시각을 가졌다. 나는 최근 부산시 한 간부의 강의를 듣고 이들 도시를 바라보는 새로운 시각을 알게 되었다. 해운대에 조성한 베드타운과 쇼핑시설이 부산 인근 도시 소재

기업 종사자들의 거주지 역할을 하고 소비의 장소가 되었다는 취지의 강의였다. 이점은 부산시의 미래와 관련하여 매우 중요한 시사이다. 부산과 인근 도시들이 서로 다른 것을 제공함으로써 서로 보완적으로 상생하면서 함께 발전하는 가능성을 발견하게 된 것이다. 부산은 주거, 교육 및 의료 인프라들을 이웃 도시들에 공급하고 반면 인근도시들은 공산품 뿐 아니라 로컬 농수산물 소비처로 부산을 주시하여 상호 발전을 꾀하는 방안을 찾아가는 것이다. 부산 시민들의 시각 역시 변하여야 한다. 양산에 부산대학이 조성될 때 지역 정치인 등이 끼어 강한 반대가 있었다. 하지만 양산캠퍼스 조성 후 우려하였던 점에 비하면, 부산대학교 양산캠퍼스와 대학병원은 건실하게 양산에도 기여하면서 또한 부산의 일부로서도 손색없는 역할을 수행하고 있다.

새 부산시장은 부산의 시장으로 그치지 않아야 한다. 부산-경남을 아우르는 경계인이 되라. 새 부산시장은 부산경남을 아울러 함께 발전시키는 비전을 제시하고 시민들을 설득하면서 분투하시기 바란다.

**서울을 바라보지 말고 세계를 바라보라!**

황포강 유람선에서 상해의 야경을 바라보며 경탄하는 관광객 사이에서 나는 한 순간도 마음 편하지 않았다. 수많은 관광객들을 태우고 쉼 없이 황포강 위를 달리는 여객선들과 아름답고 거대한 빌딩들의 위용에 마음이 눌리면서, 수영강과 낙동강에 항만까지 갖춘 부산에서는 조그만 크루즈선 한 척과 몇 척의 요트들만이 외롭게 부산의 밤을 지켜보는 현실이 안타까왔다. 베트남 다낭에서는 아예 슬펐다. 아주 큰 해변을 가졌다고는 하지만 다낭시 관광자원은 그다지 풍족하지 않다. 그러나 겨울 다낭은 하루 3천명의 한인들을 불러들이고 있었다. 다낭 시민들도 활기에 넘쳤다. 모든 관광지는 북적거렸다. 좁은 강에 바나나 보트 몇 척 만으로 조성된 별 볼 것 없는 관광지의 주차장은 북새통이었다. 밤늦은 시간까지 공항은 관광객으로 넘쳤다. 한심할 정도로 느릿하게 진행되는 출입국 수속을 기다리며 다낭시 관광 판촉 영상을 수없이 보노라니 나의 도시 부산에 대한 근심이 한없이 자랐다.

부산이 방문하고 싶은 도시가 되기를 바란다. 관광객과 함께 부산시민은 활력을 되찾을 것이다. 새 부산시장은 부산을 방문하고 싶은 도시로 만드는데 최선을 다하기 바란다. 나의 짧은 견해로는 한국인들의 수도권 집중 현상은 쉽게 해소되지 않을 것이다. 지자체 중흥을 위한 중앙정부의 특단의 지원도 기대하기 어려울 것이다. 하지만 국내 관광객 유치가 각 지자체 노력으로 결정되듯, 국외관광객 유치도 부산시의 자율적 노력으로 어느 정도 달성할 수 있을 것이다. 부산시는 산재한 관광자원들을 최대한 발굴하여 부산으로 세계인을 모으는데 집중하여야 한다. 인재도 이 분야에 투입하여 최대한 성과를 내어야 한다.

이제부터 부산시장이 비교하고 경쟁할 도시는 국내 어떤 도시들도 아니다. 성과를 내고 있는 세계 도시들을 벤치마킹하여 부산을 방문하고 싶은 도시로 만드는데 재임기간 혼을 다하여야 한다.

**견득사의 (見得思義)**

공자께서 주신 교훈이다. 견리사의(見利思義)와도 같은 뜻이다. 이익을 보면 옳은 것인가를 생각하라는 뜻이다.

나는 2009년 우수연구센터 유치에 나섰다. 평가 최종 단계는 구두발표였다. 센터장의 역량이 평가의 가장 중요 요소였다. 집단연구사업의 책임자로 연구역량과 리더십을 잘 드러내어야 평가자들을 설득할 수 있는 순간이었다. 집단연구사업 리더로 요구되는 가장 중요한 덕목이 무엇일까 숙고한 나는 고민하며 준비한 발표 슬라이드에 "공적인 문제에서 공정하였다"고 표현하였다. 연구소 통폐합이나 공동기기를 구입하여 운영하는 과정에서 내가 개인적인 욕심을 차리지 않았다는 실례를 들어 설명하였다. 세평이 비슷할 것이라고 자신 있게 설득하였다. 해당 사항에 대한 여러 질의문답이 있었고 최종적으로 나는 평가자들의 마음을 얻었다.

　모든 자연인은 어느 순간 공인이다. 사람들은 공인은 공정하여야 한다고 생각한다. 하지만 공적문제를 처리함에 있어 이득이 보이면 사람의 마음 속은 흔히 사욕으로 요동친다. 글로 남기기 민망하지만 내가 사회생활 중 심하게 갈등을 겪은 사람들은 대부분 공인으로서 견득사의를 벗어난 자들이었다. 부산시장이라는 공인에게 의(義)는 무엇인가? 부산광역시의 이익이며 대다수 부산시민의 행복한 삶이다.

　시장 재임기간 중 수시로 이익이 보일 것이다. 그 때 마다 의를 생각하여야 한다. 자신이나 일부 집단의 이득이 아닌 대다수 부산시민의 행복을 가져다 주는 길을 선택하여야 한다.

　새 부산시장은 경청하시기 바란다.

* 이 칼럼을 게재한 후 몇 주 지나 오거돈씨가 부산시장에 당선되었다. 그 후 오거돈씨는 시청 직원을 강제 추행한 혐의로 기소되었고 시장을 사퇴 한 후 '권력형 성범죄' 혐의로 징역 3년 형을 선고받고 법정에서 곧바로 구속되었다.

# 5장

–

## 몸에서 생각 줍기

# 서문


의과대학에서 해부학을 강의하는 선생으로서 이런 책을 쓰게 된 데는 몇 가지 동기가 있다.

고등학교 동기들이 모여 학창시절을 추억할 때 가장 많이 등장하는 분은 지리를 가르치셨던 신OO 선생님이시다. 동기생들은 그분이 가르치신 지리 지식은 대부분 잊었지만 그분을 가장 많이 기억하고 기린다. 사진작가이기도 하셨던 선생님은 수업 시간의 절반을 지리수업과는 관련 없는 농담으로 보내셨다. 술을 드시고 수업에 들어오기도 하며 예사로 욕도 하는 등 수많은 일화를 낳으셨다. 영어 수학 등 더 많은 시간을 가르쳐 주셨던 선생님들에 비하여 그 선생님에 대한 기억이 많은 이유는 무엇일까? 곰곰이 생각하다 내린 결론은 선생님이 지식보다는 정신과 태도를 남기셨기 때문이라는 것을 알게 되었다. 이미 작고하신 신OO 선생님은 농담과 기행으로 우리에게 오래 남을 당신의 삶에 대한 태도와 철학을 보이신 셈이다.

강단에서 해부학지식을 전달하지만 그들에게 내가 가르친 지식 보다 나라는 인간이 더 오래 남을 것이라는 것을 생각할 때마다 선생으로 긴장이 되지 않을 수 없다. 따라서 나는 가급적이면 지식을 전달하는 것으로 그치지 않고 내 생각들과 경험을 나누려고 노력한다.

학생들에게 들려주는 수업 외 이야기들은 활력을 준다. 해부학은 갓 의학에 입문한 의학과 1학년 학생들이 수강하는 과목이다. 이 시절은 고3 수험생과 다름없이 여유가 없는 시간이다. 외국 만화에도 의학과 1년생들은 엘리베이터 타고도 시험공부하는 학생들로 묘사되곤 한다. 신문도 제대로 못 읽는 시절을 보내는 의학과 1년 학생들에게 문학, 영화, 음악 등과 같은 이야기를 하면 그들의 눈이 반짝이는 것을 볼 수 있다. 모두 한 때는 문학청소년이었고 예술과 인문학에 대한 그리움을 지울 수 없는 청년들이다. 그런 가운데 이런 저런 생각거리들을 흘려 놓으면 그들은 해부학이라는 의학 지식과 더불어 한 사람으로서의 내 생각, 태도와 정신도 전달받을 것이다. 내 비록 전달할 만한 모범된 태도와 철학을 지니고 있다고 생각하지는 않으나 인생을 진지하게 살아오기는 하였다.

학생들이 아무리 수업 외 이야기를 사랑한다고 하여도 해부학 수업을 갑자기 끊고 연관 없는 이야기를 할 수는 없는 노릇이다. 따라서 해부학적 구조물들을 설명하면서 연관시켜 떠올릴 수 있는 이런 저런 이야기를 하게 된다. 이렇게 수년 강의를 하면서 해부학적 구조물과 관련되어 실처럼 이어져 나오는 이야기들이 있었고, 그런 것들 중 학생들이 재미있어 하거나 내게 떠올리는 기쁨이 있는 이야기들을 한번 정리하여 두고 싶은 소원이 있었다. 그중 몇을 통신동호회에 올려 보았더니 조회 건수도 많아 언젠가는 이런 글을 묶어 책으로 남기려는 속내를 감추고 있었다. 이것이 책을 쓴 첫 번째 이유이다.

고등학교 졸업 20주년 기념행사를 계기로 모이게 된 동창들과 고등학교 시절의 이런 저런 기억들을 떠올리니 모두 놀라는 것이 아닌가. 그들이 오랜 동안 잊고 있었던 추억부터 그들의 기억에는 아예 사라져 버리고 없는 일들까지 기억하고 있는 나를 보고 친구들은 경이롭게 생각하는 눈치였다.

당연히 친구들도 그런 일들을 기억하고 있을 것이라 믿었던 나도 놀라기는 마찬가지였다. 어째서 그다지 월등한 기억력을 가지지 않았으면서도 나는 친구들보다 더 많은 기억을 가지고 있을까 자문자답하여 보았다. 내가 그들보다 과거를 더 자주 회상하였기 때문이라는 것이 정답인 것 같다. 그런데 나는 왜 별 중요하지도 않은 수 많은 장면들을 되새겨 가며 잊지 않으려 애썼을까?

우선 사람에 대한 관심이 많았기 때문일 것이다. 여러 관계로 내 인생의 한 부분에 편입되었던 사람들에 대한 깊은 관심 때문에 내가 잊지 않으려 하였을 수도 있다. 그런 수많은 사람들을 등장시켜 추억의 페이지를 글로 남겨두고 싶어졌다. 추억의 앨범 형태의 글을 쓰고 싶은 것이 두 번째 이유가 된다.

반면 내가 기억하고 있는 수 많은 기억들이 다른 한편으로는 내 인생의 콤플렉스와 무관하지 않다는 것을 알게 되었다. 내 기억 속 애증과 관련하였던 많은 사람들을 자주 떠올리며 나는 즐거워하거나 안도하기도 하였고 슬픔과 분노를 표시하기도 하였다. 때론 합리화하면서 내 콤플렉스의 일단을 악화시키기도 하였고 반면 기억여행 속에서 해결 받은 콤플렉스도 적지 않았다. 하도 잦은 연상에 내 뇌는 과거 사건들을 잊을 틈이 없었을 것이다.

이런 이유로 내 인생 어느 모퉁이에서든 내 희로애락의 일단을 형성하였던 것들을 모아보고 싶었다. 이 글들을 쓰는 동안 또 한번 나의 과거를 떠올리면서 나는 정신과 의사와 상담하듯

내 무의식의 깊은 곳을 퍼 올리는 경험을 여러 번 하였다. 그러나 이런 생각들을 글로 남기는 것은 극히 제한하기로 하였다. 이제는 해소되어 너무 사소하게 생각되는 콤플렉스도 있고, 아직도 나 자신의 저항에 부딪히고 있는 문제가 없지 않은 것이다. 기타 여러 이유로 이런 주제는 다루지 않기로 하였다. 하지만 글들을 완성한 후 다시 한번 읽어보니 글 곳곳에 내 콤플렉스의 흔적들이 덕지덕지 붙어 있는 것을 발견할 수 있었다. 따라서 이 글들이 결과적으로 내 삶과 콤플렉스의 상관관계를 일부나마 묘사하고 있다면 책을 쓰게된 세 번째 동기도 충족될 것이다.

책을 쓰게 된 네 번째 이유는 나이와 관련이 있다. 언젠가는 이런 책을 쓰겠다는 계획을 품고 있었지만 지금 보다 10여 년이 더 지나고 나면 이런 이야기로는 글을 쓸 수 없을 것이라는 생각이 들기 시작한 것이다. 기억 속에 묻어 두던 잡다한 이야기들은 일부 잊혀지기도 하겠고 중요한 것에 대한 관심도 옮겨갈 것이다. 특히 나이 들어가며 삶에 대하여 좀 더 냉소적이 된다면 이러한 이야기들에 대한 내 스스로의 가치부여도 변하게 될지 모를 일이다. 따라서 책을 펴낸다면 지금이 적당한 때라는 생각이 들자 서둘러 글을 쓰게 되었다.

그러다 보니 결국 이 책은 불혹의 나이에 쓰는 자술서 비슷한 책이 되었다. 반추하여 보면 지난 40년 동안 수많은 사람들과 사건들이 복합적으로 관여하여 지금의 내 삶을 결정 지웠다는 것을 알게 된다. 내가 보낸 40년 인생의 무대가 되었던 사회에 대한 작은 역사도 될 것이다. 따라서 내 추억과 관련이 있는 글들 대부분은 논픽션 단편소설과 같은 글들이다.

글을 쓰는 동안은 이런 저런 것들을 생각하는 즐거움을 만끽할 수 있어서 기뻤다. 비록 전공서적은 아니지만 해부학을 가르치는 사람으로 몸의 구조에서 끌어낸 추억과 생각으로 채운 책이니 만큼 연구, 실험, 강의 시간을 쪼개는 데도 아쉬움은 없었다. 책을 쓰게 된 동기는 아니지만 결국 이 글들을 쓰면서 어떤 식으로든 나와 한 때를 같이 하였던 사람들에 대한 관심과 사랑을 담아 남길 수 있는 그릇 하나를 빚은 것이 가장 소중한 결실이다.

# 시체 : 해부학선생 노릇

해부학은 사람들에게 시체를 떠올리게 한다. 어느 곳에서 누구를 만나 명함이라도 내밀면 하나같이 무서운 과목을 전공한다는 말을 듣는다.

해부학은 눈으로 사람 몸의 구조를 연구하는 학문이며, 현재도 해부학이라는 강좌는 눈으로 본 몸의 구조물을 가르친다. 나는 해부학교수이기는 하지만 엄격히 말하면 해부학을 전공하고 있지는 않다. 나는 세포의 구조와 기능을 세포수준에서 연구하는 세포생물학-의학과에서는 조직학이라 부른다-을 전공하고 있기 때문이다. 하지만 나의 교수로서의 정체성은 해부학교수이다. 해부학을 강의하기 때문이다. 해부학은 의학의 첫 입문 시 배우는 가장 기초과목이기 때문에 가장 기본적이며 매우 중요한 과목이다.

해부학을 가르치는 교수로 다른 교과목 교수들과 전혀 다른 경험은 시체해부 실습을 지도한다는 점이다. 근래에는 연구에 대한 부담이 커져서 해부실습지도를 전 만큼 열심히 하지 못한다. 선배 교수님들의 성의에 너무 못 미쳐 동료 교수들과 학생들에게 송구하다. 그래도 해부실습을 지도하면서 겪은 특별한 경험은 내 기억을 빼곡히 채우고 있다.

1983년 해부학 조교로서 첫 발을 내디뎠다. 한 학기 동안 내게 배당된 시체 한 구를 해부하면서 학생들의 실습을 지도 감독하였다. 해부학을 전공하며 실습에 임하니 내 태도는 의학과 시절과 사뭇 달랐고 아주 진지하였다. 주말도 잊고 한 학기 내내 그 시체와 씨름하였다.

그 당시 학생들은 졸업정원제 세대였다. 입학정원의 130% 되는 학생들이 입학하였다. 대학은 졸업정원을 지키기 위하여 과목당 5%에 대하여 F학점을 주도록 독려하였다. 한 과목만 F를 받더라도 낙제하는 의학과에서는 이 여파로 학생들이 정체되어 그해 의학과 1학년 학생은 거의 250명에 육박하였다. 많은 학생들을 한 실험실에 모아 두고 관리하는 일은 쉽지 않았다. 한두 학생이 실습실을 빠져나가 놀다가 오더라도 이를 파악하는 것이 거의 불가능하였다. 나는 첫 해부실습 지도를 제대로 하려는 의지로 학생들 이름을 외우기로 마음 먹었다.

당시 일주일에 4번 실습을 하였다. 실습은 오후 2시에 시작하여 저녁 10시 혹은 12시까지 진행되었고 토요일에도 저녁 늦게까지 진행되었다. 일주일에 수십 시간을 학생들과 보내니 나는 곧 모든 학생들의 이름을 외우게 되었다.

학생들은 내가 그들의 이름을 모두 기억한다는 사실에 놀랐다. 실습 중간 중간 각 실험조에 들러 학생들 이름을 부르자 그들은 감탄하였다. 어느 날 실습을 점검하러 돌아다니는데 한 조의 학생들이 말을 걸었다.

"선생님. 지금 우리 조에서 없는 학생 찾아보십시오."

알고 보니 조원들이 서로 내기를 걸었다고 한다. 나는 빠진 학생의 이름을 정확히 대었고 학생들은 박수를 치며 즐거워 하였다.

그때는 기억력이 한창 좋을 때였고, 가르치는 즐거움으로 충만하였던 때였다. 학생들에게 관심을 가지고 있다는 표현을 할 수 있으니 나도 좋았다. 조교 때 학생들과 부대끼며 해부실습을 지도한 경험 덕에 교수가 되어서도 해부실습을 직접 지도하는 습성이 배었다. 그러나 이제는 학생 수도 훨씬 적은데, 학생들의 이름을 잘 기억하지 못한다. 심지어 학생들의 학년마저 혼동한다. 요즈음은 벌여 놓은 연구 때문에 학생들 자율에 맡기고 해부실습 지도를 많이 등한히 하니 해부학교수로서의 본분에 대하여 스스로 실망스럽다.

한 해 해부실습이 중반으로 무르익어 갈 즈음에 한 학생이 내게 찾아왔다. 저녁 식사를 하고 돌아와 실습을 재개할 때였다. 그제나 이제나 의과대학생들은 해부학선생을 두려워하게 마련이다. 나도 당시 친절하되 엄한 선생으로 매김하려 노력 중이었고, 실제로 학생들은 나를 쉽게 대하지 못하였다.

"선생님! 선생님이 제 말을 들어주시지 않으실 것이라 고민하다가 하도 간절하여 말씀드리게 되었습니다. 재수할 때부터 사귀던 여자 친구가 있는데 그 친구가 미국 콜로라도로 유학을 떠납니다. 오늘 밤이 지나면 오랫동안 만날 수 없는데 조퇴를 허락하여 주실 수 없습니까?" 웬만큼 아픈 학생이 조퇴를 요구하여도 결석으로 처리하겠다는 매정하던 나에게 황당한 상황이 닥쳤다. 나는 그의 눈을 빤히 들여다보았다. 덩치는 큰 녀석이 곧 눈물을 쏟을 듯 하였다.

**"아무에게도 내가 허락하였다고 말하지 말고 나가 보아라."**

그때 어찌 그런 허락을 하였는지 모르겠다. 아마도 그에게서 진심을 읽었고, 그의 사랑을 소중히 여기는 마음이 불쑥 솟았음이 틀림없다.

　그리고 2년여의 세월이 지났다. 시내의 한 찻집에서 그 학생을 우연히 만났다. 한 아가씨와 마주 앉아 있었다. 나를 알아 본 학생이 다가오더니 내게 그녀를 소개하였다. 미국 유학을 떠났다 처음 귀국하여 다시 해후하는 자리였다. 그녀도 출국 전 친구를 만나게 허락한 "해부학선생"의 이야기를 기억하고 감사를 표하였다. 콜로라도에서 공부한다기에 한 팝송의 가사가 생각나 콜로라도의 달에 대하여 물어 보았다. 그녀는 징그러울 정도로 달이 크다고 하였다.

　그리고 헤어졌다. 그 후 콜로라도라는 지명을 대할 때면 그 학생과 소녀를 생각하였다. 그들의 관계는 어찌 되었을까? 떠나는 연인을 마지막 만나고자 내게 다가온 학생에게 베푼 별 것 아닌 허락이 그들의 관계에는 어떠한 영향을 미쳤는지 간혹 궁금하였다.

　최근 나는 그를 다시 만났다. 이제 그도 중년의 의사가 되었다. 어렵사리 콜로라도의 연인 이야기를 꺼내었다. 그러나 둘은 이제 남남이었다. 각기 다른 사람을 만나 결혼하였다고 하였다. 피천득씨 수필 "인연"을 패러디하면 세 번째 소식은 아니 물었어야 좋았을 것이다. 아니 물었다면 나는 지금도 그들의 인연이 이어가는데 기여하였다는 흐뭇한 상상을 계속하고 있을 것이다.

어느 해 한 학생의 결혼은 나를 부끄럽게 하였다. 실습 중반에 한 학생이 결혼을 하고 1주일을 결석하였다. 사전 연락도 없이 1주간 결석하는 예도 드물지만 의학과 1년 중반에 결혼한다는 것은 좀체 수긍하기 어려운 일이었다. 나이도 많지 않고 동료 학우들도 결혼을 서둘 이유를 모르기에 흔히 추측할 수 있는 사유로 결혼하였다고 짐작하였다. 학생이 신혼여행에서 돌아오고 첫 등교한 날 결혼 사유를 물었다. 학생은 별 이유를 말하지 않고 결석에 대하여 죄송하다는 표현만 하였다. 나는 학생을 나무란 뒤 성적이 제대로 나오는지 지켜보겠다 경고하며 겁을 주었다.

그러나 그의 결혼 내력을 듣고 나는 내가 그에게 보인 반응을 오래 부끄러워 하였다. 그는 국민학교 동급생과 오랫동안 연애하였다. 어느 날 여자 친구가 재생불량성 빈혈을 진단받았다. 여자 친구의 집은 살림이 어려웠다. 제대로 치료를 할 형편이 안 되는 것을 고려하여 그의 부모님은 며느리를 집안에 들여 치료를 맡기로 하였단다. 물질과 정략이 끼어드는 결혼 이야기가 넘치는 때에 그의 집안은 세태와는 정반대의 혼사를 맺은 것이다. 이들의 고귀한 사랑에 대하여 숙연하였다. 몇 년 지나 나는 그의 다음 소식을 들었다. 그는 졸업 후 선교사로 훈련을 받은 뒤 아프리카의 선교지로 떠났다고 한다. 아직도 그 아내의 건강에 관한 소식을 알 수 없는 것이 답답했지만 그가 오지에서 전할 사랑에 관하여는 전혀 의심을 하지 않는다.

의과대학에 "88회"가 탄생하였다. 80년대 중반은 88올림픽이 사회 모든 분야의 주된 화제가 될 때였다. 졸업정원제로 학생들의 낙제가 빈번하여 2-3년 낙제한 학생들이 허다히 생겨났다. 그들이 더 이상 낙제하지 말고 88년에는 의과대학을 졸업하자고 결성한 모임 이름이었다. 그들 모두 의과대학에 입학한 우수한 모범생들이었지만 그때 그들은 더 이상 모범생이 아니었다. 그들은 낙제를 거듭하며 패배주의적인 생각에 빠졌고 대개는 게으르며 경쟁심도 적었다. 자제력이 부족하여 시험을 앞두고 술이나 당구 등으로 생활 리듬을 잃곤 하였다. 나는 그들의 원대로 고문에 응하였다. 그들과 자주 시간을 가지고 격려하려 노력하였다. 특별히 돌봐주지 않아도 자기 생활을 잘하는 모범생들보다 그들에게 내가 필요하다고 생각하였다. 그들 중 졸업하고 전문의가 되어 의료일선에서 열심히 일하는 후배들을 만나면 그옛날 88회 고문 역할을 한 내가 대견스럽다.

해부학교실에 근무하면 시체와 관계하여 별난 경험을 자주하게 된다. 하루는 국정원(당시 안기부) 직원이 해부학교실을 찾아왔다. 시체해부실습에 도움을 주기 위하여 부족한 시체수급실태를 조사한다는 방문 목적을 말하였다. 그는 시종 기관원으로서의 뻣뻣한 자세를 견지하였다. 탐정같이 취조하는 태도에 해부학자로서의 용심이 생겨났다. 그에게 시체수급실태와 보관 상태 등을 직접 보여 주겠노라 말하고 해부실습실로 내려가 보자고 하였다.

해부실습실에는 시체를 넣고 방부처리하는 기계가 있다. 옆으로 누운 큰 냉장고 모양의 이 기계는 방부처치용 화학약품을 가열하여 시체를 찌는 기능을 한다. 이 기계를 열면 내부에 들어있는 2-3구의 시체가 뜨거운 김과 함께 떠오른다. 늘 접하는 우리도 기계를 열 때면 역한 느낌을 받는다. 하물며 처음 이를 접하는 사람은 무서움마저 느끼지 않을 수 없다. 김과 함께 몇 구의 시체가 떠오르는 장면을 상상하여 보라.

나는 시벨리우스의 "핀란디아" 테이프를 가지고 내려갔다.

먼저 음악을 틀었다. 무덤에서 드라큘라가 나오는 듯한 분위기였다. 그리고 방부 처치기를 열었다. 금속음과 음악이 어울려 스산한 분위기를 더하고 있었다. 뚜껑이 열리며 포르말린과 알코올 냄새가 코를 찌르는 가운데 김이 모락모락 피어나면서 시체 3구가 떠올랐다. 나의 작전은 적중하였다. 기관원은 얼굴이 파랗게 질렸다. 당시 나는 포르말린 냄새를 견디는데 이골이 나 있었다. 시체가 두려울 리 없는 해부학자였다. 그곳에서 얼마든 있을 태세로 이런저런 이야기를 계속하였다. 기관원은 풀이 꺾여 먼저 나가자고 하였다. 그는 갑자기 공손하게 바뀌어 내게 큰 절을 하고는 떠났는데 그가 다녀간 후로 시체수급의 어려움이 전혀 풀리지 않은 것으로 미루어 아예 시체 문제에 대하여는 관심을 끊었을지도 모를 일이었다.

해부학자에게 시체는 그다지 혐오스런 것이 아니다. 본인 생전에 밝힌 뜻에 따라 혹은 사망 후 유족의 결단에 의하여 학생들의 실습을 위하여 제공된 시신들이다. 한 인간의 인생역정을 이 몸을 입고 겪었다. 그 한 몸을 학생들의 교육을 위하여 제공하셨으니 그분과 가족의 뜻이 숭고하다. 실습 내내 경의를 표하게 된다. 한 학기 함께 지낸 시신들에게는 깊은 정도 들고 오랜 동안 얼굴을 잊을 수 없는 시체도 있다. 후학들과 더불어 해부학적 구조물을 찾으며 시신 제공자에게 표할 수 있는 최고의 경의는 당연히 열심히 실습하는 것이라는 것을 모토로 삼고 매년 해부실습실을 지도한다.

# 눈물샘 : 흘린 눈물

눈이 놓여 있는 움푹한 지역을 한글용어로 눈확, 한문용어로 안와라 부른다. 눈물샘은 눈확의 위 바깥쪽 벽에 자리 잡고 있다. 이 눈물샘은 지속적으로 적은 양의 눈물을 분비하여 내며 감정적인 자극 혹은 통증을 받으면 대량의 눈물을 쏟아 낸다. 분비된 눈물은 눈의 앞쪽을 덮으면서 돌아서 눈꺼풀의 안쪽 켠에 위치하는 작은 구멍을 통하여 빠져나간다. 따라서 눈물이 핑 돈다는 표현은 지극히 해부학적인 표현이다.

눈물은 우리가 맛으로 느낄 수 있듯 소금성분이 포함되어 있으며 효소성분도 포함되어 있어 살균효과도 있다고 생각한다. 하지만 인생의 대소사마다 눈물 흘린 기억을 간직하고 있는 우리들에게 아무래도 눈물은 해부 생리적 특징보다 감정과 관련하여 더 많은 관심을 끌게 마련이다.

어릴 적부터 대학을 다닐 때까지 일요일 오후에 한 번씩 정신훈화시간이라는 이름의 가족 모임 시간이 있었다. 우리들의 의견을 내는 기회도 없지는 않았으나 주로 아버지께서 우리에게 훈화하시는 시간이었다. 군 생활을 오래 하셨던 아버지는 정신훈화시간을 군지휘관의 정신교육처럼 이끌어 가셨다. 가훈 설명도 하시고 시대에 대한 생각도 토로하시고 사회의 일원으로 살아가는 자세를 말씀하셨다. 지금 되돌아 생각하면 성장기의 우리에게 매우 유익한 말씀들로 일관하셨는데도 정신훈화 시간만 되면 우리는 주리를 틀면서 앉아 있었다. "두 눈에 미소를, 입술에 노래를, 가슴엔 태양을 가지라"고도 말씀하셨다. "Boys, be ambition!"을 말씀하신 날은 정신 훈화 후에 누나가 "Boys, be ambitious!"를 틀리게 말씀하셨다고 형과 나에게 가르쳐 주었는데 그때 누나는 중학생이어서 영어를 배우고 있었다.

그 중 눈물에 관하여 말씀하신 정신훈화 시간은 지금도 기억에 남아있다. 유럽에서 태어나 미국으로 건너가 수년간 화학을 공부하던 아들에게 부친이 소포를 하나 보내었다. 소포에는 액체가 담긴 병이 있었고 편지가 동봉되었다. 편지에는 병에 넣은 액체 안에 무엇이 들어있느냐는 부친의 질문이 적혀 있었다고 한다. 아들은 이를 열심히 분석하여 물이 대부분을 차지하며 염분과 몇 가지 미네랄 등이 포함되어 있다고 답을 보내었다고 한다. 아들의 답에 대한 부친의 답변은 이러하였다.

"너는 수년간 미국으로 건너가 공부하였으면서 기껏 그 정도 분석 밖에 못하였느냐? 그 병에는 내가 너를 떠나 보내고 흘린 눈물을 담아 보내었다. 너는 내 사랑의 흔적은 그 눈물에서 찾아낼 수 없었단 말이냐?"

부친의 편지를 받고 충격을 받은 아들은 이후 귀국하여 철학을 공부하여 위대한 철학자가 되었다고 한다. 지금 다시 생각하여 보면 부모의 사랑에 비하여 아들의 그리움은 미치지 못하였다든가, 분석과학으로는 이르지 못하는 진리가 있다는 점 등 꽤 생각거리를 주는 훌륭한 우화이다. 혹은 실화인지도 모르겠다. 그러나 당시 우리는 대뜸 어찌 사랑을 화학적으로 분석할 수 있느냐고 주석을 달아 아버지의 화를 돋우고 말았다. 우리 역시 젊은 화학자처럼 아버님 이야기 속의 사랑을 분석하여 내기에는 너무 나이가 어렸다.

누나가 대학을 졸업하고 고등학교에서 교편을 잡을 무렵 나는 의학과에 진학하여 정신없이 공부에 매달렸고 형은 입대하였다. 이후 정신훈화는 더 이상 지속되지 않았다. 하나 하나 가정을 일구어 가자 아버님은 더 이상 우리들의 생활이나 태도에 대하여 어떤 간섭도 하지 않으셨다. 그리고 눈물 그 눈물은 내 가슴속에 묻혀있다. 아버님께서 물병에 눈물 모아 보내시지 않으셔도 내 가슴에는 커다란 눈물병 하나가 출렁이고 있다.

실제 아버지는 눈물이 많으셨다. "남자는 부모님 돌아가실 때와 나라 빼앗겼을 때만 우는 법"이라고 주장하셨지만 아버지는 이 신조를 지키지 못하시고 자주 눈물을 보이셨다. 웬만큼 감동적인 영화로도 눈물 펑펑 쏟으셔서 한번은 함께 영화보았던 누나가 자신의 눈에서는 눈물이 흐르지 않아 당황하였다고 한 적이 있었다. 여름 가뭄이 텔레비전에 보도되며 농토가 갈라지는 장면이 나오면 아버님은 닭똥 같은 눈물을 뚝뚝 흘리셨다. 누나가 시집갈 때 결혼식장에서 눈이 붉어지신 것은 이해가 되었지만 결혼 후 함께 살 형 결혼식 때도 눈물 흘리시는 것은 다소 뜻밖이었다.

나도 울보로 성장하였다. 대충 넘어갈 일에도 눈물을 흔히 보였었다. 딱지와 구슬놀이에 별 재주가 없던 나는 늘 잃는 편이었고 그때마다 억울해하며 울었었다. 연싸움에도 소질이 없어 열심히 사를 메겨 나아가도 늘 싸움에서 졌고 연이 떨어져 나가는 순간 핑 돌던 눈물은 아직도 눈앞을 가리는 듯 하다. 친구들과 놀다 작은 충돌만 있어도 동네가 떠들썩하게 울었고 나와는 달리 아주 강하였던 형은 내 울음소리만 들리면 즉시 달려와 친구들을 혼내 주었다.

한번은 길에서 놀다 배에 바늘이 꽂힌 일이 있었다. 얼마나 통곡하면서 들어갔는지 어머니와 고모가 놀라 쫓아 나오셨는데 고모가 바늘에 손을 대자 그냥 떨어질 정도로 얕게 붙어 있었더란다. 지금도 고모는 이런 이야기를 포함하여 눈물 많던 꼬마시절의 나를 이야기하신다.

4학년 때 짝이 전학을 가게 되었다. 주민등록증 제도가 처음 시행될 때 신고 차 본적지에 오신 어머니를 만나서 서울의 어머니와 함께 살기 위하여 전학을 가게 되었다. 김00이라는 친구는 할머니하고 살고 있었다. 엄마 찾은 사연에 감격하고 친구를 축하하면 족하였을 터인데 나는 그 친구 보낼 때 얼마나 붙들고 울었는지 모른다. 이후 몇 번의 편지를 주고 받았으나 이제는 소식이 끊어졌다.

비슷한 무렵 「저 하늘에 슬픔이」라는 영화를 보러 갔다. 영화를 보며 내가 흘린 눈물은 오랜 동안 우리 식구들에게 이야기 거리가 되었다. 지금과 같은 흰 고급화장지가 아니고 과자봉지, 신문지 비슷한 종이들이 식구들로부터 총동원되었다. 후에 내 자신의 감성이 풍부함을 설명할 때면 위 영화 보며 눈물 펑 펑 쏟은 이야기를 이 사람 저 사람에게 이야기하였다. 이 영화가 담임선생님이 과장하여 수정한 수기를 바탕으로 제작한 사실을 알고는 그때의 눈물이 참 머쓱하였다.

중학생 때도 고등학교 때도 왜 그다지도 눈물 흘릴 일들이 많았는지 모르겠다. 나이가 들어가면서 감수성이 예민하여지자 혼자 눈물 흘리는 일이 잦아졌다. 영화, 음악 그런 것들로 눈시울 흘리게 된 것이다.

나는 "별이 빛나는 밤에" 류의 심야 음악방송과 한창 개국되던 FM 방송을 통하여 음악 갈증을 풀 수 있었다. FM 방송을 통하여 클래식, 경음악, 영화음악과 팝송 가리지 않고 듣게 되었고 좋아하는 음악을 녹음하여 들을 수 있었다. 눈물을 자아내던 곡들이 한 둘이 아니지만 팝송 중에는 린다 론스타드의 "Long Long Time"의 전주 바이올린 소리만 들으면 솜털이 솟아 오르며 눈문이 펑돌았다.

내 노래방 18번은 같은 가수의 스페인어 노래 "Donde Voy" 이다. 높은 음의 "Long Long Time"을 몇 번 시도하다 음 높이가 맞지 않아, 정확한 스페인어 발음을 내지 못하면서도 돈데 보이로 18번으로 고수하고 있다. 클래식 음악 중에는 슈베르트의 아르페지오네 소나타 A단조를 들으며 가장 많이 울었다. 곡 전체가 감성의 덩이었다. 고등학교 때 참 많이도 들었고 입시 준비로 억제하고 있던 청소년시절의 낭만과 현실 사이의 간극을 그 음악이 메워 주었다.

결혼 직후였다. MBC의 인기 프로그램이었던 인간시대에서 "레오와 로사"라는 제목의 다큐멘터리를 방송하였다. 심한 장애자였던 여인은 캠퍼스에서 한 남자와 운명적으로 만난다. 하지만 그들의 열애는 가족의 반대, 그로 인한 가출, 동거 등 엄청난 고통을 수반하였다. 결국 그들은 가족을 떠나 프랑스로 떠났다. 그곳에서 유학이라기 보다는 투쟁이라 함이 마땅한 생활을 하였다. 아내가 성공한 장애인으로 귀국 연주회를 하게 되어 일시 귀국하면서 그들의 이야기는 과거와 현재, 그리고 한국과 프랑스를 오갔다. 나는 그 다큐멘터리 한편을 보면서 두루마리 화장지 반통은 족히 써 버린 것 같다. "저 하늘에 슬픔이" 이후 가장 많이 울었다.

그날은 눈물로 예상치 못한 소득을 얻을 수 있었다. 서로 사랑하여 결혼하였지만 결혼 전후 그리고 결혼 후 나와 아내는 살림살이에 대하여 구체적인 이야기를 많이 나누게 되었다. 얼마를 저축하고 어떻게 미래를 대비하고 집을 가지기 위하여 준비하는 이야기도 나누게 되었다. 아내는 결혼 전 알고 있던 내 모습과는 달리, 지극히 냉정하고 현실적이기만 한 사람과 결혼하지 않았나 다소 불안해하고 있던 차였다. 아내는 다큐멘터리의 주인공을 향해 흘리는 나의 눈물로 꽤 안심이 되는 듯 보였다.

우리 나이만 되면 감정이 썩었다는 이야기를 흔히 한다. 실제 청소년 시절을 함께 보내었던 친구들 대부분은 이제 감정이 썩긴 썩은 모양이다. 감동하기보다는 막후의 의미를 캐는데 더 관심이 있고 현실을 읽는데 더 빠르게 되는 모양이다. 나 역시 크게 다르지 않아 감성도 많이 무디어졌다. 하지만 여전히 눈물샘은 마르지 않아 사소한 감동에도 앞이 어른거리는 것은 여전하다.

그리고 누구 딸 아니랄까봐 딸아이 역시 아빠 닮아 눈물이 많다. 딸아이가 두 돌이 되기 8일 전이다. 가정에 특별한 행사가 있었던 제헌절이었다. TV에서 "갈매기의 꿈"이 방영되고 있었다.

그보다 10여년 전 나는 영화관에서 이 영화를 관람하였다.

개봉 후 바로 영화관을 찾았는데 영화관은 텅 비어 있었다. 며칠 만에 종영된 것으로 보아 흥행에 실패하였다. 그러나 나는 고교 시절 읽은 소설의 감동과 닐 다이아몬드가 섬에서 칩거하며 작곡한 노래들을 사모하며 오래 기다려온 영화인 만큼 상당한 감동을 받았다. 특히 태종대 인근에서 중학교 이후 계속 성장하였고 신혼부터 계속 살고 있으니 갈매기에 대한 감정이 남다른 때문인지도 몰랐다.

10년 전 감동을 되새김질 하듯 영화를 보고 있는데 내 옆에서 딸아이도 함께 영화를 열심히 보았다. 언젠가 두살 짜리 어린아이도 외화를 보고 영화의 줄거리를 이야기할 수 있다는 글을 읽은 적은 있었다. 하지만 옆에서 꼼짝 않고 영화를 보고 있은 딸을 보노라니 참 신기하다 싶었다. 대사가 거의 없는 영화니 이해가 가능하였는지도 몰랐다. 그런데 높이 나르려다 부상을 입고 죠나단이 표류하는 장면에서 숨죽인 듯 화면을 응시하던 딸아이가 죠나단이 마침내 비상에 성공을 하는 순간 박수를 치면서 눈물을 흘려대는 것 아닌가. 정말 굵은 눈물을 뚝뚝 떨어뜨리고 있었다.

별 것 아닌 것으로 눈물을 자주 흘려 내심 내 어린 시절을 연상하곤 하였는데 그때의 눈물을 보니 딸아이 앞이 내다 보였다. 결국 딸아이는 예상대로 눈물 많은 어린이로 자랐다.

책을 혼자 읽기 시작할 때였다. 팔려간 당나귀에 관한 동화를 읽더니 통곡을 하였다.

**"이 책 절대 다시는 읽지 않을 거야!"**

딸아이는 책을 책꽂이 귀퉁이에 꽂으면서 말하였다. 하지만 다음 날 다시 책을 내어 읽고는 또 눈시울을 붉히더라고 아내가 귀뜸하여 주었다. 차라리 눈물을 즐기는 것 같았다. 친구가 아이들에게 놀림 받아도 눈물. 키워주시던 아주머니 오랜만에 만나도 얼싸 안고 눈물. 할머님이 수술하시려 입원하신다니 반 시간이 넘도록 눈물. 딸아이는 별스럽게 큰 눈물주머니를 눈확에 넣어 두었는지 모르겠다.

사실 아내도 눈물하면 결코 남에게 지지 않는다. 아내가 사랑의 눈물을 보여주면 모두 감동 받아 아내를 사랑하게 된다. 시어머님도 아내가 보여준 몇 번의 눈물을 잊지 못하시는 것 같다. 친정 어머님은 여섯 째 딸인 아내에게 크게 관심 두실 형편이 아니시지만 결혼 후 친정어머님에 대한 사랑으로 딸이 뿌려대는 눈물에서 진심을 읽으시는 것 같다. 이사 떠날 때 아내의 눈물을 본 한 이웃은 1년이 지나도 조그마한 선물을 들고 아내를 만나러 나타난다.

하지만 아내는 딸아이가 자신과 같이 나약한 여성으로 성장하는 것을 원치 않아 딸아이를 강하게 다스리려 온갖 시도를 한다. 하지만 딸아이 심성이 변하는 것 같지는 않다. 딸아이는 언젠가 내게 물었다.

"아빠. 나보고 울지 말라고 하는데 눈물이 저절로 나오는데 어떻게 해?"

그래 눈물이 어찌 주체하면서 뿌려대는 것인가. 그냥 흘러 나오는 것이 눈물이다.

하지만 나는 딸아이가 눈물 많은 것이 싫지 않다. 성장하면서 음악에 영화에 소설에 그리고 사람들의 삶에 연민과 감동으로 눈물을 펑펑 쏟아 댄다고 하여 책망할 생각 추호도 없다. 그리고 어른이 되어서도 조금 나약한 것 같지만 눈물샘 마르지 않아 할아버지나 할머니처럼 혹은 나와 아내처럼 눈물 흘릴 수 있으면 좋겠다.

# 위장 : 도시락 검사

위는 근육으로 구성되어 음식을 소화시키는 장기이다. 당연히 먹는 것과 관련하여 가장 먼저 연상되는 장기이다. 따라서 위가 비면 시장하다고 흔히 생각하지만 혈중 탄수화물의 농도가 더 중요하다. 대단히 시장할 때 사탕이나 초콜렛 몇 개를 먹는 것으로 시장함을 줄일 수 있는 것도 이 때문이다.

그러나 사람은 위가 밥으로 채워져 있느냐에 민감하여 식사 때마다 배가 그득하게 채워진 포만감을 즐긴다. 나는 여전히 식사량이 많지만 어릴 때도 항상 위장이 그득히 채워져야 수저를 놓았다. 아버님은 나의 과식을 염려하여 내가 수저를 놓지 않고 밥상머리를 여전히 지키고 앉아 있으면 "현아! 거북이와 황새가 왜 오래 사는지 알지?"하고 물으셨다. 그때마다 나는 "밥을 80%만 먹어서요."하고는 아쉬워하며 수저를 놓아야 했다.

하지만 대학 졸업 후 조교생활을 하면서 점심 저녁을 밖에서 해결하다 보니 부모님의 통제를 떠났고 식사량을 제한하지 않게 되었다. 특히 조교시절에는 해부실습, 학생지도와 실험으로 정신이 없던 시절이라 에너지 소모가 커서 점심 때마다 라면 3개를 끓여 먹었는데 그때부터 체중이 주체할 길 없이 불고 말았다.

그래도 맛보다는 양에 치중하여 입맛이 전혀 까다롭지 않으니 장모님께서 좋게 보아주셨다. 미혼 언니들이 3명이나 있는 여섯 째 딸의 신랑감으로 나를 맞기로 결심하시는 데에는 내 까다롭지 않은 식성이 크게 작용하였다.

학창시절 우리들의 위장을 채워주는데 가장 중요한 것은 도시락이었다. 때론 도시락 2개씩 싸들고 학교에 등교하노라면 어깨가 내리 앉듯 무거웠지만 이 생명 보따리를 들고 다녔다. 식사 시간이 되면 반찬에 대한 기대감, 반찬국물에 밥이 적셔졌지 않았기를 바라는 긴장감으로 도시락 두껑을 열었다. 도시락을 여는 것은 또 하나의 전쟁이기도 하였다.

이제는 학교급식으로 같은 점심을 먹으니 점차 사라질 풍속도이겠으나 우리의 학창시절에는 반찬을 넘보는 친구들 때문에 식사시간을 긴장하면서 맞아야 했다. 반찬에 대한 자세는 대개 몇 유형으로 나뉘어 졌다. 몇은 돌아다니며 친구들 반찬을 예사로 집어 먹었다. 특히 덩치 큰 친구들이 자유롭게 이런 일을 하였다. 몇은 너무 차갑거나 지나치게 귀하게 보여 남의 반찬을 가져다 먹지 않지만 제것도 남에게 허락하지 않았다. 학기 초의 탐색전 때 짜증을 보이고 나면 아무리 남의 반찬 쉽게 집어먹는 친구들도 이런 급우에게는 접근하지 않았다. 그런 친구는 자신의 반찬을 고스란히 지킬 수 있었다. 몇은 친구들에게 반찬을 내주고도 넉살이 좋지 않아 남의 반찬에는 손을 대지 못하였다. 나는 이런 유형에 속하였다. 특히 소시지, 장조림이나 계란 말이가 들은 날은 친구들 몰래 혼자 먹고 싶지만 여지없이 친구의 젓가락들이 내 반찬 통 주변을 들락거렸다. 기껏 댓 조각 들어있는 알짜 반찬을 두세 개 친구들이 집어 가고 나면 그날 식사기분은 엉망이 되고 말았을 뿐 아니라 반찬 없이 맨밥을 먹는 경우도 있었다.

학창시절 도시락과 관련하여 잊을 수 없는 기억은 혼식장려와 관련되어 있다. 쌀이 모자라 혼식을 장려하던 시절이라 보리밥이 장려되었다. 하지만 대도시 인문계 고교 정도면 도시중산층 가정이 대부분이어서 친구들 도시락은 대부분 쌀밥이었다. 가끔씩 먹는 보리밥의 구수함을 싫어하는 이는 없지만 누구에게든 쌀밥이 더 맛있고 고급스러운 것이었다. 대입 준비 생들에게 여건만 허락되면 쌀밥을 싸주시는 것은 어머님의 마음으로 당연하였고 아무래도 보리밥은 색도 거뭇한 것이 빈한 것으로 보여 친구들이 쌀밥 도시락 펼칠 때 보리밥 도시락을 펴면 기가 죽는 것을 어머님들이 모르실 리 없었다.

그런데 한 번씩 교육청에서 도시락검사를 나오는 경우가 있었다. 불시 방문이라 하였지만 일선 학교에서는 교육청에서 장학관이 출발하면 교육청 담당자로부터 전화를 받는 모양이었다. 갑자기 수업이 중단되고 담임선생님이 교실에 들어오신다. 그리고는 다급하게 상황을 설명하시는 것이었다.

"방금 교육청에서 혼식 준수 실태를 파악하려 장학관이 출발하였다. 어제 모고등학교에서는 점심시간에 들이닥친 감시관에 의하여 도시락을 조사한 결과 혼식율이 낮아 상당한 질책을 받았다. 그러니 우리는 이에 대비를 하여야겠다. 도시락을 펴서 쌀밥을 싸온 사람은 손을 들어보아라."

대부분 학생들이 쌀밥임을 확인하신 선생님은 다음과 같이 지시하셨다.

"쌀밥을 가져온 학생들은 잠시 동안 빨리 식사를 하도록 한다. 하지만 보리밥을 싸온 사람들은 식사를 하지 말고 자습을 하도록 한다. 장학관이 오면 시장하여 쉬는 시간에 도시락을 먹었다고 대답하고 쌀밥 가져온 사람 중에도 OOO와 OOO는 먹지 말도록 한다. 쌀밥 도시락도 몇 개 남아 있어야 장학관이 수업 중 식사하였다고 생각하지 않을 것이다."

점심시간도 되기 전에 억지로 밥을 먹어야 하는 학생들에게도 그 학생들의 식사를 지켜보셔야 하는 선생님들에게도 어색하기 짝이 없는 시간이었지만 보리밥을 싸온 학생들에게는 더욱 형언하기 어려운 복잡한 시간이었다. 장려사항인 혼식을 준수하였다는 이유 때문에 친구들의 도시락 냄새를 맡으면서 자습하는 것도 어째 상이 아니라 벌과 같았다. 뿐만 아니라 조그만 것에도 열등감을 느끼던 학창시설에 보리밥 도시락을 공개적으로 선언한 것은 가난과 관련된 복잡한 감정을 낳았다.

지금 일선 교육현장의 선생님들 중 수업대신 도시락 검사하러 교실에 들어오실 분은 아무도 없을 것이다. 교무 교장선생님도 그런 지시는 하지 않으실 것이다. 70년대 이므로 가능한 일이었다. 그 시절 선생님들이 비겁하다거나 비교육적이었다 탓할 수는 없다. 시대적 상황에 따라 가치 기준도 달라지게 마련이다. 교육현장 역시 이런 것과 무관할 수 없었다.

하지만 우리에게 꼬집어 가르쳐 주신 선생님도 계셨다. 장학관이 다녀간 다음 오후 세계사 시간이었다. 송00 선생님께서는 혼식장려에 초점을 맞추지 말고 수업 중 식사를 시키면서까지 사실을 덮으려는 것을 경계하라고 가르치셨다. 우리가 성장하여 학생들을 가르칠 때는 답습해서는 안될 것임을 분명히 하셨다.

도시락 추억 하나에도 양보심과 이기심, 그리고 그런 속에서의 갈등이 반영된다. 시대의 경제 상황이 담겨있다. 성장하면서 겪는 열등감의 괴로움도 있다. 그리고 심각한 이슈는 아니더라도 삶의 터전에서 언제나 진보와 보수의 역동적 만남이 있다는 것도 반영된다. 이제는 학교급식으로 도시락과 관련된 이야기들은 더 이상 생기지 않을 것이다.

수십 년이 지나 나와 같은 해부학을 전공한 사람은 위장과 학교 점심에 관하여 어떤 이야기를 남길까?

# 코; 석탄가루 vs 예술의 비인간화

코는 외부에 비하여 속의 공간이 구조도 복잡하고 기능도 중요하여 해부학수업도 코 속에 치중된다. 하지만 보통 사람의 관심은 당연히 코의 외모이다. 코는 얼굴 한 가운데 자리잡아 인상결정에 중요하며 특히 여인들은 자신의 코의 높이에 관심이 크다. 서양 콤플렉스의 반영인지 코를 높이는 성형수술이 유행하는 것도 코에 대한 일반의 관심 증가를 반영한다.

사람들이 외부에서 관찰할 수 있는 코는 연골뼈대에 의하여 모양이 유지되며 이를 피부가 덮고 있는 것이다. 코가 낮다는 것은 연골뼈대가 얼굴위로 덜 솟았다는 것을 의미하는데, 콧대를 세우는 수술은 연골뼈대를 조금 높이는 것에 다름 아니다. 콧대가 다소 높아지면 얼굴이 뚜렷하여 지는 것은 분명하고, 그렇게 생각하면 낮은 것에 비하여는 조금은 나은 것 같다. 하지만 아무리 수술을 잘 하더라도 성형 수술한 코는 구분이 되게 마련이라 오막조막하고 아름다운 한국인 코의 모양을 잃고 만다.

1994년부터 MBC에서 "종합병원"이라는 드라마를 방영하였다. 메디칼 드라마라하여 줄곧 시청하였다. 전문인 관점에서 그 내용에 관심도 있었지만 학창시절 생각도 나고 주인공들을 중심으로 전개되는 이야기가 꽤 재미있어 일요일 밤이면 빠지지 않고 보았다. 공부 독려하던 해부학선생으로는 파격적으로 의학과 학생들에게 열심히 보라고 소개도 하였고 월요일 수업이 되면 일요일 방영 분에 대하여 학생들과 토론하기도 하였다.

무엇보다 주제음악이 좋았다. 60-70년대 이탈리아 깐소네 음악의 전성기 때 한 시대를 장식하였던 까떼리나 까셀리가 1974년 발표한 전설적 앨범인 Primavara에 아홉 번째 곡으로 수록된 천국의 어둠. "…나는 지나온 시간으로 떠나버립니다. …시간은 나에게 이해하는 방법을 가르쳐 주었습니다." 가사가 메디컬드라마로 적합하였다고 생각하지는 않으나 주인공들의 쓰리한 사랑하는 마음을 전달하는 아름다운 주제곡이었다.

또 배경음악으로 깔리던 캣 스티븐스의 "슬픈 리자"나 앨튼 존의 "우리 모두가 언젠가 사랑에 빠져요" 등은 학창시절 FM

라디오 귀에 대고 밤새던 시절에 사랑하던 곡이었다.

특히 두명의 대비되는 의사들이 생각거리를 꽤 제공하였다. 주인공 의사는 환자에 대한 사랑이 깊지만 의학지식의 배경이 약하고 지나치게 감상적인 성격으로 냉철하지 못한 반면, 그의 동료인 다른 의사는 비록 따스한 마음은 없으나 풍부한 지식과 냉철한 판단력을 가졌다. 마침 전국의 해부학 교수들이 모여 컴퓨터통신 동호회인 해부학사랑을 운영 중이던 때였다. "시인의 마음, 의사의 마음"이란 제목으로 다음과 같은 글을 올렸었다.

> "코끼리의 각기 다른 부위를 더듬고 코끼리 모습을 유추하는 장님의 이야기가 있습니다. 세상의 모든 학문이나 사상도 코끼리의 일부분을 더듬는 것과 유사하다고 합니다. 그런데 최인훈 선생은, 시인은 코끼리를 바라보고 우는 사람이라고 하였습니다. 고향을 떠나, 넓은 초원을 떠나, 가족을 떠나 외로운 코끼리의 마음에 동정하면서 눈물을 흘리는 것이 시인의 마음이라고 하였습니다.
>
> 문득, 이러한 시인의 마음이 머리에 떠오른 이유는 요즈음 장안에 화제가 되고 있는 의학드라마 종합병원에 시인과 같은 감성을 가지고 환자를 대하는 한 젊은 의사가 주인공으로 나오기 때문입니다. 의사는

불쌍한 환자 앞에서 눈물을 흘리는 시인의 마음을 가져야 합니까? 아니면 냉철하고 차가우나 정확한 판단력을 가진 사람이어야 합니까?"

통신 상에서 활기차게 자기주장들이 펼쳐졌다. 비슷한 내용의 질문을 우리 학생들에게도 던졌더니 학생들도 이 주제에 대하여는 할 이야기가 많았다. 양자의 장점을 모두 취하면 되겠다는 의견이 주류를 이루었지만 인격으로 녹아 태도로 발현되는 것이 말처럼 쉽지는 않은 것이다. 환자를 대하는 의사의 자세를 놓고 생각할 때 영원히 숙제가 되는 문제이다.

이 드라마를 생각할 때마다 잊을 수 없는 것은 감성적인 성품의 주인공의 어린 시절 코에 묻어 있는 석탄가루이다. 주인공은 탄광촌에서 태어나 코끝에 석탄가루를 묻힌 체 어린 시절을 보내었다. 탄광촌 시절 그리고 필연적으로 따랐던 삶의 고달픔 속에서 소년은 가난한 사람들을 위한 사랑을 키웠고 성장하여 그들에게 봉사하고자 의과대학에 진학하게 되었다.

주인공이 그의 감성적 성품으로 환자를 돌보는데 위기를 맞거나 혹은 보람을 느낄 때마다 화면에는 석탄가루 코에 묻힌 그의 어린 시절 모습이 회상되었다. 작가는 이 드라마에 석탄가루 묻힌 코로 상징되는 강한 메시지를 심고 있었던 것이다.

코끝에 묻어 있는 석탄가루는 어려운 시절과 그 이웃을 기억하면서 도덕적 긴장을 유지하려는 청년의사를 통하여 의료인에 대한 기대를 표현하려는 작가의 메시지였다.

수년 동안 의예과 수험생들의 면접에 참가하였고 많은 수험생들에게 그들의 지원 동기를 물어 보았더니 너나 없이 의업이 사회에 봉사할 수 있는 직업이기에 지원하였노라 하였다. 20여 년 전 나는 어떤 동기를 가졌던가? 역시 불쌍한 사람을 도울 수 있을 것이라 생각하였고 다짐하기도 하였었다. 그러나 나는 이미 기득 의료계, 학계의 내부에 들어오고 말았고 젊은 시절 순수한 열정에서 너무 멀리 벗어나 지금 이곳에 있다. 다행히 아직 나는 수험생의 순수를 세상모르는 감상으로 치부하고 냉소하지는 않는다.

이 드라마가 주는 또 다른 생각 거리는 예술과 메시지에 관한 문제이다. 대부분의 드라마, 영화들이 이 드라마처럼 분명한 메시지를 전달하는 것은 아니다. 이 드라마처럼 쉽게 형상화된 메시지를 전달하지는 않는데 도움이 되는 책이 한 권 생각난다.

오르테가 이 가세트는 "예술의 비인간화"라는 짧은 비평서에서 현대예술의 특징을 인간적 포기, 감정적 포기, 현실도피의 경향, 주제의 결여 등이라고 예언하였다. 현대 예술의 상황이 그의 예언적 범주를 크게 벗어나지 않고 있음을 주목하며 읽어볼 만한 책이다. 이 책은 70-80년대 우리 나라의 예술계가 참여 혹은 실천과, 순수예술의 두 갈래로 나뉘어 큰 논란과 홍역을 치를 때 참여 쪽 대열을 이끌던 사람들에 의하여 비판되기도 하였다. 인간화 조차 되지 않은 사회에서 비인간화를 지향할 수 있느냐는 논조였다. 이후 이 땅에서 예술은 순수와 참여로 뜨겁게 대치하였다.

여러분은 지금 예술의 비인간화를 어떻게 받아들이십니까?

# 머리칼 : 영화 "은파"

 털은 표피가 각질화되어 몸밖으로 비져 나온 것이고 머리칼
은 우리 몸의 털의 대표이다. 현대인에게 털이 특별히 중요한
생물학적 기능을 하지 않음은 대머리가 어떠한 이상 생명현상
을 가지지 않음에서도 알 수 있다. 그럼에도 털이 있어야 할
곳에 없으면 당사자에게는 심각한 경우가 많으며 따라서 성형
수술을 통하여서라도 극복하려 한다. 내가 연수하였던 팬실바
니아 의과대학의 피부과에는 털을 성장시키는 세포와 이에 관
여하는 성장인자를 연구하는 저명한 교수가 있었다. 마침 내가
머물고 있는 동안 털의 성장에 관한 그의 오랜 연구에 큰 전기
가 이루어 졌다. 그는 털의 성장인자를 새로이 규명하였고 이
를 분비하는 세포를 확인하여 매우 들떠 있었다. 만약 그의 희
망대로 보충 연구를 통하여 생약리작용을 규명하고 이의 대량
생산과 투여 등의 산업화에 성공한다면 대머리 치료에 획기적
인 진전이 있을 것이다.

머리칼은 시대의 특성을 반영하기도 하고 더 나아가 시대 정신과 관련이 있기도 하였다.

중고등학교 시절에는 머리 길이가 1cm를 넘기지 못하였다. 흰 플라스틱 심지를 넣은 목 칼라와 모자를 쓴 교복과 함께 머리 길이는 학생들을 사회로부터 보호하는 중요한 수단으로 여겨졌던 시절이었다. 조례 시간마다 머리 긴 학생들에게 담임 선생님의 지시가 내려졌지만 조금이라도 더 기르려 버티려는 학생들은 온갖 수단을 내었다. 교도주임 선생님은 자주 정문 앞에서 등교하는 학생들을 기다리시다 머리가 긴 학생들에게 "고속도로"를 내셨다. 머리 한 가운데를 바리캉으로 한 줄 밀어버리면 멋을 부리려 버티던 학생들도 이발소로 달려가지 않을 수 없었다. 주로 뒷줄에 앉았던 덩치 큰 학생들에게서 벌어지던 일이었다.

그 당시 1cm를 넘기지 못하도록 애쓰시던 선생님들은 학생들의 미래의 행복을 근심하시면서 빗나가지 않도록 잡아주고 공부시키시는 것이 학생들 맡겨주신 학부모에 대한 도리이고 자원 없이 조국근대화를 이루려는 국가를 위하는 것이라는 시대정신을 간직하셨던 분들이다. 이에 저항하고 머리를 조금이라도 더 키워보려던 중고등생들은 단지 멋 부리고 싶고 어른들의 지배를 벗어나고 싶은 청소년기의 반항을 표출하는 정도에 불과 할 수도 있었으나 교복이나 단발이 일제시대의 잔재라는 것과 획일화는 군사문화의 일부분이라는 판단이 일면 깔려있기도 하였다. 선생님들 중에는 이런 가르침을 주신 분들도 있었다.

서양의 히피문화 그리고 반전운동의 영향과도 무관하지 않았고, 트로트에 반기를 들고 등장한 통기타 가수들의 차림 그리고 주변의 대학생 형들의 영향이 없지 않았다. 당시 대학생을 중심으로 청년들에게 장발은 폭발적인 인기를 끌었고 미니스커트와 함께 미풍양속을 헤치는 사범으로 단속대상이었으니 이를 지켜보는 학생들에게 고작 1cm의 장발은 최소한의 저항이었는지도 모른다.

국민의 정부가 들어선 이래 광주민주화운동 당시의 필름을 텔레비젼에서 자주 보게 되는데 한결같이 머리를 기른 대학생들을 볼 수 있다. 박정희 대통령의 사후에는 장발단속이 심하지 않아 머리 기르는 것이 자유로와 학생들은 그간의 한을 풀려는 듯 마음껏 머리를 길렀었다. 이때 쯤 촬영된 한국영화 한 편에 나 역시 덥수룩한 머리를 하고 등장한다.

광주민주화운동이 무력으로 진압된 이후 대학은 9월까지 문이 닫히는 긴 휴교에 들어 갔다. 그 기간 동안 나는 실험실에서 선생님들의 실험을 거들며 지냈다. 학생들의 대학 출입이 금지된 때였지만 의과대학은 출입이 가능하였다. 나는 이미 대학 1학년 때 졸업 후 해부학교실에서 기초의학과정을 밟겠노라는 뜻을 이미 밝혀 선생님들의 허락을 받은 터라 무료한 휴학기간을 활용할 수 있게 되었다.

주로 쥐를 키우며 임신시켜 적당한 발생일에 맞추어 쥐를 희생시키는 일을 하던 어느 날이었다. 실험실에 이십 여명 영화 촬영팀이 들이 닥쳤다. 학교에서 허락을 받은 한국영화 "은파" 촬영팀이라 하였다. 인기 탤런트로 도약 중이던 류인촌을 포함하여 낯이 익은 배우들과 배우지망 학원생들인 엑스트라들이 실험실로 들어오고 카메라 조명 등 촬영장치들도 들어왔다.

촬영을 준비중이던 감독님은 대뜸 실험실의 기사님과 나를 보더니 혹시 함께 출연하여 주실 수 없느냐고 물었다. 기사님은 교수로 잠시 출연하여 괘도를 설명하여 주고 나는 옆에서 주인공과 함께 공부하는 학생이 되어달라 하였다. 현장조달 엑스트라 제의를 받은 것이다. 모든 일을 즐거워하시고 재미로 사물을 보시던 기사님은 흔쾌히 이를 수락하셨다.

나는 망설였다. 감독은 나에게 조연배우의 수가 부족하다고 솔직하게 말씀하시며 양복에 넥타이를 착용한 내가 전형적인 의과대학생 답게 보이기 때문에 나를 꼭 촬영하고 싶다고 하였다. 나는 문득 떠오르는 사람이 있어 감독님께 조건을 달았다. 내 지인의 영화 시나리오를 한번 살펴달라고 제안하였다. 그는 좋다고 답하였고 나는 즉시 전OO 형에게 전화를 걸었다.

현재 정신과의사로 또 저술활동으로 크게 활동하는 전OO 형은 나이가 나보다 조금 위였지만 등하교를 함께 하던 더없이 친한 사이였다. 보통의 의과대학생들과는 달라 문학 관련 책을 많이 읽어 관련 화제가 풍부하였다. 그와 나는 각기 다른 시간대였지만 모두 해인사 주변의 암자에서 보낸 시간이 꽤 많다는 공통점이 있어 해인사와 가야산에서 얻은 생각들을 나누는 것도 기쁨이었다. 전OO 형은 고등학교를 졸업하고 한때 해인사 주변 암자 한곳에서 오래 머물며 이런저런 생각을 키웠었다. 나는 대학시절 여름 방학이면 해인사로 가서 며칠 동안 암자에서 머물며 가야산계곡에서 책을 읽었다.

전OO 형은 해인사 생활 때 만난 친구들과 오랜 우정을 간직하고 있었다. 그중 하나는 사르트르의 "구토"를 20번 읽은 후 중학교를 중퇴한 특이한 분이었다. 그는 최인훈씨의 "광장"을 영화로 만드는 것을 일생의 목표로 삼고 음악, 미술, 조명 등 제 영화관련 지식을 독학으로 쌓고 있었다. 나는 최인훈 선생의 강연회에서 그를 한번 만나 인사 나누었고, 전00 형을 통하여 시나리오도 한 편 완성하였다는 이야기도 들은 터였다. "은파"에 엑스트라로 출연하는 대신 그를 영화계에 연결시켜줄 수 있게 되었으니 신나는 일이었다. 나는 전00 형에게 친구와 함께 시나리오 들고 빨리 나타나라고 전화하였다.

기사님은 지휘봉을 잡고 배우들 앞에서 강의를 시작하셨다.

"오늘은 골학에 대하여 강의를 하겠심더."

동시녹음 촬영이 아니었다. 기사님의 대사는 "오늘은 골학에 대하여 강의하도록 하겠다"는 신성일류 목소리로 바뀌려니 생각하니 웃음을 참기 어려웠다. 복도에서 걸어가는 장면 등 몇 장면을 촬영하였다. 오전이 다 지나갔는데도 전00 형은 나타나지 않았다. 점심식사 후 감독은 나에게 다가와 내 연기가 좋다고 하며 주연배우와 몇 마디 나누는 장면을 나에게 더 할애하겠노라 하였다. 어차피 전00 형 일행을 기다려야 할 입장이니 어쩔 수 없었다.

실험실 앞마당에서 친구들과 어울려 잡담하다 "우리 심심한데 보올링이나 하러 갈까?"라는 대사를 하는 장면이었다. 류인촌씨는 나에게 다가와 "보올링 좋아하지 말고 공부나 하라!"고 말하게 되어 있었다. 당시만 하여도 보올링은 그리 대중화되어 있지 않아 보올링장에 한번 가 본적 없었다. 뿐만 아니라 아침이면 도서관에 들어가 밤까지 공부하던 학구파였으니 주인공에게 공부나 하라는 말을 듣는 것도 썩 마음에 내키지 않았다. 하지만 어차피 발은 담근 것 공굴리는 시늉까지 잡으며 연기하였다.

감독은 O.K. 사인을 내고는 동반한 배우지망생 엑스트라들을 부르더니 그들의 연기부족을 질책하며 시키지 않아도 공 던지는 자세까지 잡으며 자연스레 연기하는 나를 좀 배우라고 하셨다. 일이 자꾸 이상하게 흘러갔다. 감독은 주인공의 등에 대고 또 하나의 대사를 하라고 하였다.

"야! 너 지난번 실습 때 만난 그 간호사와 요즘 잘되어가나?"

하필 양복 깔끔하게 입고 나타난 때문이었을까? 감독은 나를 모범생을 빈정대는 반질반질한 의과대학생으로 사용하고 있었다. 오후까지 그렇게 찜찜한 촬영을 하였고, 전OO 형은 애써 수소문하였으나 그의 친구를 만나지 못하여 뒤늦게 혼자 나타났다. 나는 헛고생에 황당해하였다.

이후 영화관에서 "은파"라는 영화는 상영되지 않았다. 1년 넘어 지나 한 백화점에서 1일 점원으로 봉사하던 류인촌씨를 만나 영화에 대하여 물었더니 서울서 1주 정도 극장에서 상영되었으나 흥행에 실패하였다고 하였다. 외국영화 수입 쿼터를 받으려 성의 없이 제작한 영화였나 보다. 이후 텔레비젼에서 한국영화걸작선 시리즈에 한번은 "은파"로 또 한번은 다른 이름으로 그 영화가 방영되었는데 출연한 영화를 보노라니 민망하기 그지 없었다. 평생 단 한번 출연한 영화는 영화자체도 불성실하였고, 엑스트라인지 조연인지로 출현한 내가 맡은 역의 인물성격에도 매우 불만스러웠다. 단지 머리만 동일하게 덥수룩할 뿐 동시대의 광주민주민주화운동 기록 영화의 주인공들과 같은 어떤 시대 정신도 없이 그저 세상모르고 놀기나 좋아하는 성격으로 그려진 것이 참담하였다.

그래도 그 영화 촬영은 내게 잊을 수 없는 기억이다. 영화를 위한 열정으로 뭉친 한 사람을 위하여 출연하였다. 그리고 그를 떠올리면 전00 형을 거쳐 자연스레 떠오르는 해인사와 가야산 및 그곳에서의 책읽기. 나는 그 가야산의 계곡에 발 담그고 실존철학자들의 책을 읽었고 또 레비스트로스와 구조주의도 알게 되었다. 데카르트, 스피노자, 훗 서얼과 화이트헤드도 그곳에서 읽었다.

나에게 지금 그 책들의 내용이나 작가들의 사상이 얼마 남아 있는지 모르겠다. 책을 읽던 감동도 아련할 뿐이다. 오히려 스님 목탁소리 들리면 입맛 다시며 절 음식 먹으려 가던 발걸음과 그 뒷맛이 더 선명하지만 산사와 계곡을 찾을 수 있었던 여유를 허락하였던 학창시절의 방학도 그립고 그 시절의 진지함도 이제 불혹이 된 나에게 자극을 준다.

그리고 지금도 내 서가의 한 가운데 꽂혀있는 3권으로 된 도스트예프스키의 "까라마죠포네의 형제들". 감독님이 주신 5천원을 받아들고 보수동 헌 책방골목에서 구하여 읽었던 이 소설은 말하자면 내 영화출연 게런티로 구한 책이다.

# 발목 : 발목이 시리도록 눈을 헤치고

발목은 몸의 전 체중이 전달되는 곳이다. 발목관절에는 체중을 견디기 위하여 여러 뼈들이 관절하며, 강력한 인대들이 뼈들을 둘러 싸며 관절을 강화하여 준다. 강력한 인대들이 버티지만 오래 걷든지 많이 달리거나 충격을 받으면 발목관절은 흔히 접질러지며 발목 인대들이 늘어난다. 이 상태를 발목 염좌라 부른다. 발목이 시리고 통증을 느낀다. 군의관 재직 중 발목이 시려 혼이 난 적이 있었다.

기초의학 요원이 부족한 때문이지만 기초의학 전공자 중에는 박사과정 중에 대학교원으로 임명되는 경우가 흔하고 군에 입대할 때에 이미 강의 경력을 가지고 있게 된다. 이런 사람들은 대개 군내 의료인 양성기관에서 교관을 하거나 군 연구기관에서 근무하는 것이 보통이다. 나 역시 일찍 신설 의대에 채용되어 조교수시절에 군에 입대하였으므로 당연히 이런 보직에서 근무할 것이라고 믿었었다. 그러나 기대와는 달리 나는 강원도 명주군의 일선부대에 의무중대장으로 배치되었다. 임상과정을 밟지 않았고 당연히 교관이나 연구요원이 될 것이라 기대하다 단위부대 중대장 생활을 하게 되니 처음 실망은 매우 컸다. 하지만 시간이 지나면서 여러 가지 군 생활의 기쁨을 가지게 되었다.

우선 선임하사였던 김중사를 만난 것이 큰 기쁨이었다. 그는 좀처럼 만나기 어려운 성실한 군인이었다. 그리고 고등학교 수학여행으로 설악산 한번 밟아 본 것이 고작이었던 내게 영동지방에서 1년을 사는 재미가 쏠쏠하였다. 일부러 찾아가는 영동지방의 절경을 지척에 두고 있어 환자후송을 다니는 길이 곧 피크닉이었다. 특히 군대에 적응이 어려운 신병을 데리고 속초까지 후송을 갈 때면 시간이 허락하는 한 오죽헌, 소금강, 낙산사, 오색약수터에 잠시 들렀다. "파초"의 시인 김동명의 시비도 자주 들렀다. 여행을 그다지 다니지 않았던 나에게 군시절은 영동지방여행을 실컷 명받은 행운의 시간이었다.

부산의 집을 다녀가려면 밤 9시 열차를 타고 새벽 2시경 영주역에 내려 1시간 동안 영주역 근방에서 국밥을 한 그릇 먹고 청량리발 강릉행 열차를 갈아타고 새벽까지 달렸는데 이런 여행도 이제는 다시 할 수 없는 즐거운 추억이다.

영동지방의 기후도 그 고장 사람이 아니면 경험하기 어려운 특징을 보였다. 5월의 추위라면 그곳 사람들이나 이해할 것이다. 봄이 무르익어 곧 초여름에 진입하는 시기에 찾아오는 추위를 모르고 반바지 입고 잠들어 혼이 난 것도 영동지방에서나 경험할 수 있는 것이었다. 겨울 기후도 특이하였다. 지리수업 때 배운 대로 12월에서 1월은 겨울답지 않게 포근하였다. 하지만 그곳 사람들은 한 겨울이 다 지나고 시작될 추위를 늘 걱정하고 있었다. 대개 1월말이나 2월이 되면 큰 눈도 내리면서 영동지방은 비로소 겨울이 왔다.

1990년 겨울에도 2월 초에 어김없이 대설은 찾아왔다. 내 평생 보지 못한 함박눈이 일주일동안 내려 결국 강릉시 적설량이 2미터를 넘겼다. 쌓이는 눈으로 부대와 인근 민가에도 피해가 속출하였다. 부대원들은 대민지원으로 전쟁을 방불케 하는 며칠이 지나고 있었다. 의무실은 지친 병사들로 넘쳤다.

갑자기 부대장으로부터 전화가 왔다.

"군의관! 인근 마을에서 만삭된 임산부로부터 전화가 왔으니 즉시 출동하여 작전을 완수하고 돌아오도록."

아기를 받아야 한다는 예상에 가슴이 뛰기 시작하였다. 임상 실습 시 분만과정은 남 못지 않게 열심히 관찰하였었다. 나는 수술 기구들을 준비하면서 분만과정을 다시 되새겼다. 드디어 부대 앰블런스를 타고 작전지로 출발하였다. 쌓인 눈 때문에 군용차 임에도 2시간 여 지나서야 임산부 집 부근에 이르렀다. 그러나 예상과는 전혀 다른 작전이 내 앞에 기다리고 있었다. 폭설이 내리기 시작하면서 부대차는 연일 주도로를 치웠으나 간선도로까지는 힘이 미칠 리 없었다. 임산부의 집은 군용차가 이를 수 있는 도로에서 800여 미터 떨어져 있었다. 따라서 임산부에게 접근하기 위하여 길을 내어야만 하였다. 부대로 되돌아 가서 제설 도구를 가져와야 할 형편이었다. 그러나 대민 봉사에 부대 대부분의 기구가 이미 동원된 상황이었다. 게다가 왕복하는 동안 소모될 시간을 고려하니 우리가 길을 내는 것이 낫다고 판단되었다.

나와 김중사 그리고 운전병 3명은 몸으로 길을 내기 시작하였다. 다리를 높이 치들면서 혹은 몸으로 누우면서 번갈아 길을 내기 시작하였다. 입에서는 단내가 났고 하늘이 노랗게 보였다. 몇 시간이 지나자 발목이 시려 오기 시작하였다. 발목 염좌가 예상되었다. 하지만 몸을 틀고 있을 산모를 생각하니 한 숨 쉴 수도 없어 군화를 벗어 확인하지도 못하였다. 임산부

집에서는 그녀의 남편이 삽으로 눈을 퍼내어 길을 만들어 우리 쪽으로 다가 왔다. 몸으로 헤치며 나가기를 무려 일곱 시간이 지나서야 비로소 우리는 만날 수 있었다.

그런데 몸을 틀고 있어야 할 임산부는 버젓이 서서 우리를 맞았다. 눈이 멈추기를 기다리며 집 안에 머물던 산모가 이미 적설량이 1미터가 넘어 고립이 되자 군부대로 도움을 요청하여 강릉 시내 친척집으로 옮기기를 원하였다는 것이다. 우리는 수술도구 보다는 제설기구를 준비하여 출동하였어야 했다고 푸념하면서 임산부를 친척집에 후송하고 부대로 복귀하였다. 부대에 돌아와 군화를 벗으니 발목이 퉁퉁 부어올라 있었다. 발목이 삔 채로 눈길을 헤쳤던 흔적이었다.

발목이 삐었을 때 처치의 원칙은 흔히 RICE라 일컫는다. 휴식(Rest)하고, 냉찜질(Ice) 및 압박(Compression) 그리고 발목을 높이기(Elevation)에서 영어 단어들의 이니셜로 만들어진 용어이다. 나는 휴식은 이미 놓쳤다. 그러나 바로 냉찜질을 하고 발목을 탄력붕대로 감은 후 높여 유지하였다.

그날 저녁 9시 공영방송 뉴스에 육군 0000 부대 군의관이 폭설로 갇혔던 산모를 안전하게 후송하였다는 뉴스가 방송으로 나왔다. 마침 산모를 앰뷸런스에 실을 때 면장님이 다가오셔서 사진을 찍으시며 알리겠다고 하시더니 약속대로 KBS에 제보하셨던 것이다. 그 방송이 나오자 부대는 아연 생기가 돌기 시작하였다. 재난 시 대국민 봉사를 할 수 있다는 것을 군은 매우 자랑스러워 한다. 특히 언론을 통하여 이러한 사실이 알려지면 큰 전과를 올린 것만큼 기뻐하게 된다. 따라서 산모 후송 방송은 폭설로 대민봉사에 매진하던 우리 부대에는 더할 수 없이 기쁜 소식이었다. 부대장은 군의관인 나를 1군사령관 표창에 상신하라고 명하셨다. 이후 부대장은 국무총리 표창을 받으셨다. 어차피 의무복무 후 제대할 입장이었던 내게 4성 장군 표창은 전문군인에게 만큼 의미가 있는 것은 아니었다. 하지만 군인 같지 않은 군인이라는 군의관 생활 중 거둔 한 전과로 인하여 받은 표창은 아직도 내 인사기록에서 자랑스럽게 빛난다.

## 창자 : 독립투사와 순대

때는 일제의 동아시아 침략이 노골화되던 때, 만주 하얼삔역 앞에는 수많은 일본사람들이 그들의 지도자 이토 히로부미를 맞기 위하여 운집하였다. 드디어 기차가 서고 이토 히로부미가 모습을 나타내었다. 그는 도열하여 있던 일본인들과 그들의 압잡이들과 하나 하나 악수를 나누고 있었다. 이때 민족의 분노를 가슴에 품고 숨을 죽이고 그가 다가오기만을 기다리는 안중근의사! 드디어 충분히 접근하였다고 판단되자 적의 괴수를 향하여 응징의 총탄을 뿜어 대었다. 그리고 응징이 성공되었음을 확인한 안중근의사는 대한 독립만세를 의연히 외치며 일경에 체포되기를 두려워하지 않았던 것이다.

그 독립 투사가 거사 당일 아침 만주의 하얼빈 장터에서 결사를 다짐하며 드신 순대국밥을 그대로 재현한 필라델피아의 명소 장터순대국밥집 ○ ○ ○. 오셔서 드셔 보십시요.

위 광고 문안은 필라델피아에서 연수 중일 때 미국판 동아일보에 실린 한 음식점의 광고문이다. 짧은 광고문이지만 마지막의 반전이 꽤 재치있어 순대만 보면 떠오른다. 후일 안중근 의사의 옥중서신을 읽으며 의사가 거사 당일 어떤 음식을 드셨는지 혹시 자술하신 바 있나 주의하였지만, 나라사랑의 비장한 결의와 거사 과정을 묘사하신 당신의 글앞에서 외람된 관심 가졌음에 송구하였을 뿐이다.

어쨋든 순대는 조상 때 부터 사랑 받아온 우리의 음식인데 돼지의 창자로 만든 음식이다. 창자라면 위 아래부터 항문까지 이르는 기다란 소화관을 일컬음은 초등학생도 아는 상식이다. 이중에는 직경이 작은 소장도 있고 직경이 큰 대장도 있다. 우리는 곱창, 내장탕 등 다양하게 요리하여 소중한 음식으로 즐기고 있다. 창자의 시작 부위라 할 수 있는 위장만 하여도 내부의 점막은 천엽이라 하여 참기름소금에 찍어 먹고 위벽은 양이라 하여 구워, 볶아 먹으며 귀히 여긴다. 이처럼 다양한 내장요리를 개발하여 알뜰히 먹고 있는 민족도 세계에서 드물다고 믿는다. 하기야 우리민족은 꼬리, 등뼈, 귀바퀴 까지 돼지든 소든 어느 한 부위 버리지 않는 민족이다.

우리의 이러한 음식 문화가 먹거리가 부족하였던 시절의 산물인지는 모르지만 곱창과 같은 살코기 외의 음식을 대할 때면 지금같이 먹는 것이 풍부하지 못하였던 시절의 여러 생각이 떠오른다.

1965년 부산에 내려오니 군것질 거리에 있어서 몇 가지 차이가 있다는 것을 알았다. 달고나, 똥과자, 수루메(오징어를 일본식 발음으로 당시 부산사람들 대부분을 이런 용어를 썼다) 등 서울서 보던 군것질 거리가 여전히 이곳 저곳에서 눈에 띄었다. 서울서는 좀체 볼 수 없던 것들이었다. 먼저 놀란 것은 그 많은 멍게(우렁쉥이) 구루마(수레의 일본식 발음)였다. 시내 한 가운데 토성동 소재의 토성국민학교를 다녔는데 하교길 학교 앞 골목에는 멍게 구루마가 늘어섰다. 값은 기억에 없으나 학용품 사고 남은 잔돈으로도 몇 점 초장에 찍어 먹을 수 있을 정도로 값이 쌌던 것으로 기억한다. 구루마 위에는 멍게 외에 장어 생선껍데기를 모아 두부처럼 만든 장어껍질묵도 함께 있었다.

그 시절 서울의 어느 곳에서 멍게를 먹을 수 있는 곳이 없지는 않았겠지만 초등학교 학생들의 가장 흔한 군것질 거리가 될수 없었다. 교류가 적던 시절에는 음식의 지방색이 컸을 뿐 아니라 수송수단도 발달하지 않아 날 수산물을 서울서 만나기는 쉽지 않았다.

또 한가지는 오뎅(당시에는 어묵이라는 용어는 거의 사용되지 않았다)이다. 지금이야 전국의 수퍼에서 냉동된 어묵을 쉽게 구하지만 냉동시설이 거의 없던 당시에는 서울에서는 염장 생선이나 흔하였지 어묵은 흔하지 않았다. 하지만 부산에서는 조그마한 점방(상점을 이리 불렀다)에서도 오뎅을 끓이고 있었다.

한번은 길에서 두 어린이가 어묵을 사먹는 장면을 목격하였다. 한 어린이가 돈을 꺼내더니 어묵 하나를 달라 하고는 친구에게는 "국물 한 고뿌(컵을 이리 불렀다) 묵으라"하는 것이다. 돈을 낸 어린이가 어묵 하나를 간장 찍어 먹는 동안 친구는 국물 한 컵 먹는 것으로 만족하여야 하였다. 그런데 어묵 꼬치를 다 먹은 친구가 하나를 더 먹고 싶은 모양이었다. 주머니에서 다시 동전 하나를 꺼내더니 주인에게 건넨 다음 다시 친구에게 "국물 한 고뿌 더 묵으라"고 하는 것이었다. 국물만 마신 친구나 국물을 친구에게 주노라 목이 메었을 친구나 불만이 있었을 터인데 둘은 각기 만족하였는지 어깨 동무하고 사이좋게 길을 갔다. 먹는 것이 충분하지 않던 시절을 생각하면 쏠쏠하게 떠오르는 장면이다.

초등학교 3-4 학년이 될 때까지 우리가 먹을 수 있는 것들은 건빵, 시온 캬라멜, 눈깔 사탕, 그리고 이후 유명제과업체에서 나온 사탕 등이 있었다. 그러나 냉장시설이 없던 시절이라 우유를 먹을 기회는 제대로 없었다. 병에 넣어져 배달된 따뜻한 우유를 먹은 기억은 있으나 요즘과 같은 냉장 우유를 먹은 사람들이 당시에도 있었는지는 모르겠다. 그 시절 우리 학교에 우유급식이 있었다. 아마도 어린이에게 발육에 좋은 우유를 먹인다는 정책의 시범학교로 우리가 선정됐는지 모르겠다. 학교에 커다란 가마솥을 설치하고 물을 끓여 분유를 녹여 급식하였던 것을 기억한다. 그러나 그때 공급된 우유는 "느끼하여서" 많은 초등학생들의 환영을 받지 못하였고 곧 이어 우유급식은 중단되었다. 딸아이가 초등학교 4학년 되니 학교에서 하루 한 팩의 냉장 우유를 받아 마신다는 이야기를 듣고는 과거 추억이 떠올랐다.

나에게 있어서 군것질거리와 관련하여 잊을 수 없는 사건은 빠다빵 사건이다. 나는 초등학교 4학년부터 2년 동안 저금하는데 재미를 붙였다. 범국민적 저축 장려 운동이 있던 시절이라 저금하는 것이 매우 자랑스럽던 시절이었다. 부모님이 주신 돈, 할머님이 주신 용돈, 그리고 이렇게 저렇게 심부름값을 얻어도 군것질하거나 만화방에 가지 않고 모두 저금하였다. 명절

날 어른들께 받은 세뱃돈도 물론 저금하였다. 이렇게 돈을 모으는 데는 피리(리코더)연주도 한 몫하였다. 국민학교 4학년 때 피리를 배웠는데 피리 부는데는 꽤 소질이 있었던 것 같다. 요즘처럼 다양한 음악교육을 받지 않던 시절이어서 당시 피리 연주하는 것은 요즈음 피아노 연주에 버금가는 정도였을까? 단골 레퍼토리는 영화 자이안츠의 주제곡과 고향의 봄이었다. 집에 손님 오시면 의례 한 곡씩 뽑았고 손님들은 그런 나를 대견해 하시며 용돈을 주셨다.

크리스마스도 한몫을 하였다. 통행금지가 있던 시절 크리스마스 이브는 단 하루 통금이 없던 날이었다. 그날만은 자정에 울리는 통행금지 사이렌 소리도 없었고 시내 거리는 사람들 물결로 덮혔었다. 주당들에게는 자정 넘어 술을 마실 수 있는 절호의 기회였다. 1968년 초등학교 4학년 크리스마스 아침 일찍 무슨 이유에선지 집을 나섰다가 큰 행운을 잡았다. 대문 앞에서 지폐 한 장을 발견하고 한발 건너 동전 몇 개를 발견하였다. 간밤에 고주망태된 술꾼들이 흘린 모양이었다. 집 앞 골목을 훑었는데 술꾼 한 사람이 흘리지 않은 듯 여러 곳에 흩어져 있어서 상당한 거금을 주울 수 있었다. 그 해 1년 동안 저금한 돈에 버금갔다고 기억한다. 1년을 기다려 다음 해 크리스마스날은 더 일찍 일어나 골목을 훑었는데 전해에 비하여는 적었으나 그날도 적지 않은 수입을 잡았다.

당시의 나의 저금통은 플라스틱 조롱박이었다. 누나와 형님은 돼지저금통에 모았다고 기억하는데 나는 조롱박에 넣어 미닫이 유리문이 달린 책장 속에 넣어 두었었다. 왜 열린 저금통을 사용하였는지 이유는 모르지만 짬짬이 저축액을 세어 보면서 저금이 쌓여 가는 기쁨을 만끽할 수 있어 좋았다. 누나와 형님은 군것질도 하고 만화방도 갔지만 나는 2년 동안을 억세게 모았었다.

그런데 삼립식품이라는 회사에서 크림빵(당시 빠다빵으로 불렀다)을 출시하였다. 1964년 출시되었다고 하는데 나는 이 빵을 1968년경 처음 알게되었다. 호떡 같은 얇은 밀가루 빵 사이에 크림이 들어있는 빵이었다. 빵 내부에 들어있는 크림의 맛은 고소하고 달았다. 빠다빵을 한번 경험하고는 나는 환장하고 말았다. 저금 통장 돈을 빼내기 시작하였다. 쓰는 재미에 맛을 들이고 나니 돈을 모으던 기쁨과는 비교가 되지 않았다. 하루에도 여러 개의 빠다빵을 사먹었다. 빠다빵은 맛도 맛이려니와 비닐 봉지를 개봉한 후 빵 조각을 펼치는 순간의 기대도 대단하였다.

이웃에 삼립빵 공장이 있어 직접 구경한 적도 있었는데 아주 머니들이 앉아 크림을 주걱으로 떠서 한 조각에 바른 후 다른 조각을 덮어서 만들었다. 그러니 크림의 양이 빵마다 꽤 차이가 있었다. 빵을 열어 크림이 두툼하게 있으면 군침 다시며 천천히 음미하면서 만족하게 먹었지만 크림이 있는 둥 마는 둥 하면 맛이 신통치 않았던 빵을 씹느라 기분을 잡치고 말았다. 크림 많은 빵을 먹고는 기뻐서 또 구멍가게에 갔고 크림 적은 빵에 실망하면 다시 도전하려 구멍가게로 달려갔다. 한 번 가운데 꾹 눌러보고 살 수 있었으면 좋으련만 구멍가게 아저씨가 그런 짓을 허락할 리 만무였다.

아무튼 이런 재미와 맛에 홀려 당시로서는 거금의 저금을 완전히 빠다빵에 날려 버리고 말았다. 내 열린 저금통은 돈이 줄어드는 모습도 적나라하게 보여 주었지만 내 빠다빵 열기를 식히지는 못하였다. 어느 날인가 책장문 유리 너머 내 조롱박 저금통의 바닥이 완전히 들어나서야만 내 빠다빵 열기는 식고 말았다.

저금통이 완전히 비워지고 나서 동생 저금통 내용을 들여다보고 빠다빵 열기를 부추겨 꽤 덕을 보았던 누나와 형님에게 원망을 토하였지만 이미 엎지른 물이었다. 그후 2년 동안 돈을 모아서 당시로서는 최고 수공품 클래식기타를 샀으니 빠다빵 구입에 쓴 총액을 예상할 수 있다.

얼마 전 이미 빠다빵 생산을 중단하고 다른 상품으로 명맥을 유지하던 그 제빵회사가 마을마다 들어선 제과점과의 경쟁을 이기지 못하여 도산하였다는 뉴스를 접하였다. 1997년 도산 하였던 삼립식품은 인수합병을 거쳐 SPC 그룹으로 새로 출범 하였고 이후 정통 크림빵을 다시 출시하였다.

지금 내가 사는 아파트 단지 내 상가 귀퉁이에 며칠 전 아주 머니 두 분이 앉아 똥과자를 팔고 계셨다. 설탕을 태울 정도로 녹여 눌러 납작하게 하면서 별 모양, 나비 모양 등 다양한 모 양을 찍어낼 때면, 어린 시절 우리는 앉아서 핀으로 온전한 모 양을 떼어내느라 정신없었다. 침을 살짝 묻히면 온전히 떼어내 겠는데 아저씨는 침을 묻히지 못하게 예리한 감시를 잊지 않으 셨던 기억이 새롭다. 요즘도 가끔 아파트 단지에 가끔 똥과자 가 등장하는데 정겨운 마음이 들기는 나만은 아닐 것이다. 다 가가서 달고나는 없냐고 물으니 아줌마들은 가끔 사람들이 찾 는데 그들은 무엇인지 모르겠노라 하신다

어묵과 빠다빵과 유사한 기억을 간직한 우리 세대처럼, 내

자식 세대들도 나이 들어 자신들의 먹거리를 추억으로 떠올릴 것이다. 그때 자신들에게 불행하였던 시절로 기억되지 않도록 나라 살림이 많이 어려워지지 않기를 기대할 뿐이다.

# 노화와 유전


노화에 관한 초기 설명은 주로 환경적인 요인에 초점이 맞추어져 있었다. 그러나 노화현상을 단순히 환경적 배경만으로 설명할 수 없는 것은 환경적 요인이 동일하다 하여 노화현상이 반드시 동일하게 나타나는 것은 아니기 때문이다. 극단적으로 최상의 환경적 요건이 조성된다 하여도 노화를 막을 수는 없기 때문이다. 따라서 유전장치와 어떠한 관련이 있을 것이라는 의견이 제기되었다.

20세기 후반 들어 유전학 연구가 본격화 되면서 노화에 관한 유전학적 연구가 많이 이루어졌다. 다양한 유전학적 이론들이 제시되었고 이들은 환경적 이론들을 압도하기 시작하였다. 이러한 이론들은 노화를 유전프로그램의 부작용으로 보거나, 생존의 지속을 위하여 요구되는 필수 유전인자의 전사로 보기도 하였다. 유전자의 전사과정의 실수가 누적되면서 증폭되어 인체에 해로운 그릇된 산물이 생산되어 노화가 유발된다고 해석하기도 하였다.

노화를 유전과 관련하여 설명하는 이론 중 매우 흥미있는 것은 노화프로그램설(programmed aging theory)이다. 세포 혹은 유기체가 수정되어서 늙어 죽게되는 전과정에 관여하는 여러 유전자가, 마치 잘 조직된 관현악단처럼 일련의 연주를 하듯이 정해진 순서에 의하여 발현되고 있다면 우리는 이를 프로그램 된 노화라고 말 할 수 있을 것이다.

이 이론을 지지하는 가장 극적인 증거는 미국과학자 해이플릭에 의하여 제시되었다. 그는 사람에게서 섬유모세포를 일부 떼어내서 배양용기에서 키웠더니 세포가 일정 횟수만을 분열한 뒤에 분열능력이 사라져 더 이상 분열하지 못하더라는 것을 발견하였다. 뿐만 아니라 각기 다른 연령의 사람에게서 섬유모세포를 취하여 배양용기에서 키웠더니 나이가 든 사람에게서 얻어진 섬유모세포는 나이가 어린 사람에게서 얻어진 섬유모세포에 비하여 적은 횟수를 분열하고도 분열 능력을 상실하였다는 사실도 밝혀냈다. 더군다나 거북이와 같이 수명이 긴 동물의 섬유모세포일수록 더 많은 횟수를 분열한 다음에 분열 능력을 상실한다는 연구가 이어졌다.

이러한 실험결과는 섬유모세포는 유기체 내에서 분열하는 횟수가 제한되어 있으며 나이가 들면 더 이상 분열할 수 없다는 것을 의미한다. 비록 세포가 분열 능력을 상실하는 것이 노화와 관련된 모든 현상을 설명하여 주는 것은 아니지만, 노화가 발생의 한 연장이며 아주 잘 짜여진 프로그램을 따라 진행되는 것이라는 이론을 지지하는 증거로는 충분하였다.

노화프로그램설을 지지하는 좋은 예로 태평양연어를 들 수 있다. 연어는 배가 터지는 고통을 겪으면서도 강을 역류하고 절벽을 올라서며 태어난 곳으로 돌아온 후 산란을 하고는 곧 사망에 이른다. 연어는 성선이 발달한 후 부신이 증식한 후 부신이 변성되어 사망에 이르는 전 과정이 호르몬의 조절 하에 이루어진다. 교향곡 한 곡을 연주하듯 출산에서 사망에 이르는 연어의 일생은 노화프로그램설의 전형적인 예를 보여 준다.

그러나 목적론적으로 해석하여 볼 때 생리적 저하 현상이라 볼 수 있는 노화현상이 발현되어야 할 이유를 찾기는 어려우며 노화변화를 목적으로한 유전프로그램이 있다는 것은 비약이라고 볼 수 있다. 이런 이유로 노화프로그램설은 발생과정을 설명하여 주는 데는 적합하지만 발생이 완성된 후의 노화를 설명하는데는 적합하지 않다는 것이 일반적인 평가이다.

그러나 유전프로그램이 노화를 지배할 것이라는 것을 지지하는 증거들은 적지 않다. 예를 들어 각 종들은 대개 비슷한 수명을 가진다. 가장 큰 차이를 보이는 벌의 경우 여왕벌이 6년을 사는 반면 일벌은 3개월에서 6개월 정도의 수명을 보이지만 이는 로얄젤리의 섭취여부에 의한 차이일 뿐이다. 또한 2란성 쌍생아의 총 수명의 평균 차이는 일란성 쌍생아의 경우 보다 2배나 크다. 뿐만 아니라 90-100세를 사는 가계에서는 조상들이 장수하는 예를 많이 볼 수 있다든지, 대부분의 동물에서는 암컷이 오래 산다는 점이나 늙은 어머니의 후손은 수명이 짧은 경향이 있다는 보고들도 유전프로그램과 노화의 관련을 쉽게 끊을 수 없게 한다.

노화프로그램설의 이러한 한계를 극복하고자 새롭게 제시된 이론은 수명보장유전자이론이다.

이러한 범주에 드는 여러 과학자들의 의견을 종합하면, 우리 몸에는 노화를 유도하는 해로운 유전자가 있으며 이들은 젊은 시절까지는 발현되지 않다가 나이가 들면서 발현되어 노화를 유도한다는 이론이다. 이러한 과정에 젊은 시절 특히 생식연령까지는 이러한 해로운 유전자의 발현을 억제시켜주는 유전자가 존재한다는 것이다.

이런 유전자가 존재한다는 결정적인 근거는 없으나 DNA 내에서 발견되는 반복되는 염기서열이 이러한 기능과 관련이 있을 것으로 추측되고 있으며 이러한 견해에 비추어 보면 노화로 인하여 나타나는 여러 변화들이 유전적으로 결정되는 것이 아니다. 노화현상이 나타나는 것을 막아주는 기제는 유전적 목적을 가지고 결정된다고 할 수 있을 것이다.

중요한 것은 노화는 여러 수준에서 일어난다는 것이다. 분자수준, 세포수준, 장기수준에서 노화가 결정이 되며 심지어는 진화와 관련하여서도 수많은 유전자들이 노화에 관여하게 되었다는 증거들도 있다. 그러므로 노화가 유전장치와 관련이 있다 하여 노화를 유도하는 데에 결정적이라고 믿어지는 특이 유전자 즉 노화유전자가 발견될 가능성은 적다고 보여진다. 노화는 특이 유전자 하나의 발현에 의하여 결정될 가능성은 거의 없으며 복합적인 생명현상의 결과라고 보기 때문이다.

혹시 노화를 선도하는 생체시계와 같은 장기는 없는가 하는 것도 노화 생물학자들의 큰 관심이었다. 현재로서는 노화를 어느 한 장기가 결정적으로 선도한다고 보기에는 제약이 많으나 다양한 장기들 혹은 세포들이 노화를 선도한다고 제시되었다. 과학자들의 관심을 크게 끌어 온 것으로는 간, 신경계 내분비계 등이 있었으며 특히 면역계에 속하는 흉선(가슴샘)은 노화를 선도하는 장기로 가장 많이 연구되었다. 그러나 이것으로도 일반적인 노화현상 모두를 설명할 수는 없으며 노화현상이 반드시 생물학적으로 위해하다고도 볼 수도 없다.

무엇보다도 중요한 것은 노화에 대한 이해는 수명의 연장에 초점이 맞추어 지는 것이 아니고 주어진 수명까지 향상된 삶의 질을 높이는데 맞춰지고 있다는 점이다. 일반인의 입장에서 노화에 관한 관심에는 노화연구를 통하여 인간 수명을 연장시킬 수 없을까 하는 기대가 들어있다. 하지만 노화학자들은 이미 이러한 목표를 가능하다고 생각하지 않는다.

예를 들면, 소식이 장수로 이끄는 비결이 일반인들의 관심이 될 수 있을지언정 수명을 연장시키지는 못한다는 점이다. 최근의 수많은 연구는 음식물 대사과정에서 인체에 축적되는 유해산소가 노화의 원인으로 작용할 것이라는 사실을 밝혀냈다. 과도한 영양은 유해산소의 축적을 증가시키므로 수명을 단축시킬 수 있다는 것은 현재로서는 과학적 진리에 속한다.

그러나 영양을 제한한다 하여 수명이 연장되는 것은 아니다. 동물을 대상으로 한 여러 실험들은 영양 제한이 실험동물의 평균수명을 약 20-40% 연장시켜 주기는 하였으나 최대수명을 연장시켜 주지는 못하였다고 보고한다. 뿐만 아니라 전통적인 장수마을의 경우 소식을 하는 경향이 많으나 그들 중 130세를 넘어서 생존하였다는 어떤 보고도 없다.

진시황은 불노초를 얻으려 백방 수소문하였다지만 기본적으로 사람이 가지는 수명의 한계를 뛰어 넘을 수 없다는 점에서 노화의 문제는 과학을 넘어선 인간지성 저편의 문제이다.

# 6장

–

# 촌철살인 귀동냥

## "소개해 준 사람이 믿을 만해서요!"

둘째 아이가 초등학교와 중학교 재학 때에는 올림피아드 경시대회가 유행하였다. 올림피아드 경시대회는 여러 부작용도 있었으나, 학교 수업 이상의 심화학습에 도전하는 순작용도 있었다. 물리 교과에 뛰어났던 둘째 아이가 중등물리 이상을 감당해내자 나와 아내는 아이를 물리 올림피아드에 도전시키려는 꿈을 가졌다. 한 번은 아내가 서울의 저명학원 물리 선생님이 부산에 내려와 일요일에 몇 시간씩 집중지도를 한다는 이야기를 꺼냈다.

나: 그 선생님 이름이 뭡니까?

아내: 모릅니다.

나: 그 선생님이 어느 학원에서 가르치시는데요?

아내: 그건 모릅니다.

나: 가르친 학생들이 어떤 상을 받았는데요?

아내: 모릅니다.

냐: 그래도 그 선생님이 대단하다는 어떤 증거가 있어야지요?

아내: 그런 건 모릅니다.

냐: 당신이 수업을 시키고 싶은 근거는 있을텐데요?

아내: 소개해 준 사람이 믿을 만해서요!

아버지께서 은퇴를 앞두신 시점에 내게 대화를 요청하셨다.

"이야기를 좀 하고 싶다."

아버지 퇴직 때 누나는 결혼하고 형은 군 복무 중이어서 자식 중 나 혼자만 집에 남아 있었다. 아버지는 오랜 직장 생활 동안 어려움을 극복하셨던 얘기도 하셨고 보람있었던 얘기도 하셨다. 말미에 다음과 같은 말씀을 붙이셨다

"니 엄마 말 들은 것은 다 잘되었고 말 듣지 않은 것은 다 잘못되었더라. 엄마는 일가친척도 없고 친하게 만나는 친구도 없어 마실 한번 다니지 않았다. 엄마가 가진 정보도 많지 않았다. 그렇지만 직장선택, 너희들 결혼, 이사 등 굵직한 일들 되돌아 보면 엄마 말 들은 것들만 잘 되었더라."

아버님 경력의 말미에 막내에게 특별한 시간을 내어 꼭 들려

주고 싶으셨던 이야기를 요약하면 "아내 말 잘 들으라!"였다. 아버님께서 내게 주신 말씀의 현대적 의미는 '감성이 합리보다 우월하다'였다.

대개 여성은 감성적이다. 여성은 현재를 중시한다. 미래를 위하여 현재를 희생하고 싶지 않다. 감성은 개괄적이며 하나하나의 정보를 따지지 않고 전체가 주는 의미를 존중한다. 개개 나무를 놓치더라도 숲을 잘 본다. 반면 남성은 합리 논리적이다. 남성은 미래를 대비한다. 현재를 희생하여서라도 미래에 대비한다. 합리논리는 하나하나의 정보를 중시 여기고 이를 분석하여 결론을 내린다. 개개 나무에 주의하느라 숲을 보지 못할 수 있다. 아버님이 은퇴를 앞두고 내게 들려주신 말씀은 내 귀에 쏙 들어오는 명확한 메시지였지만 나는 이에 큰 의미를 두지 않고 이후 오랜 세월을 흘려보냈다.

아버님의 말씀이 나에게서 다시 살아나게 된 계기는 내 감정이 큰 혼란을 겪은 이후였다. 대형 연구 사업을 놓치는 과정에서 사람과의 배신 등이 작용하여 그만 감정이 걷잡을 수 없이 요동쳤다. 어느 정도 회복된 뒤 내 정체성을 알아가는 과정에서 내가 지나치게 합리 논리적 태도만 추구하여 내 속의 감성이 심하게 위축되었다는 것을 알게 되었다. 일에 매진하는 동안 감성이 메말라 버렸고 이런 태도로 더 이상 견디는 것은 불가능한 지점에 도달하였다. 감성의 북돋움이 절실하다는 것을 알게 되고 생활의 변화를 꾀했다. 나를 되돌아보는 작업과 악기활동 등으로 감성을 북돋기 시작하였다.

　내가 현재를 희생하고 숲을 보지 못하고 헤매고 있었다는 깨달음에 이르렀을 때, 내 나이는 아버님이 은퇴하셨던 때의 나이와 이미 비슷하였다. 아들에게 지름길로 가라고 떠먹여주시듯 한 수 가르쳐 주셨는데 나는 이를 제대로 이해하지 못하여 먼 길을 우회하며 산 것이다. 막내아들에게 감성이 논리를 능가할 수 있다고 미리 당겨 유언하셨던 아버님은 그 때는 더 이상 이 세상 사람이 아니었다.

　물리선생님과 관련하여 아내는 내게 합리적으로 답하지 않았지만 감성적 답으로 본질을 꿰뚫었다. 물리선생님에 관한 대화를 나눈 시점은, 내가 합리적이기만 하였던 태도를 벗어나 이미 감성을 꽤 회복하였을 때였다. 과거라면 나는 내 질문에 아무 답하지 않았던 아내에게 안된다는 말을 하였을지 모른다. 그러나 나는 아내에게 선뜻 동의하였다.

　다만 그 수업이 실현되지 않아 감성적 결정의 결말이 어떠한

지 확인하지는 못하였다. 그래도 합리적이고 논리적이어야 수긍하던 나에게서 감성이 제대로 대접받게 된 변곡점이 된 순간을 소중하게 생각한다.

# "나는 조폭이 제일 불쌍해 보이더라"

40대 초반 패닉을 겪었다. 등줄기가 찌릿찌릿해지면서 두려움이 밀려 왔다. 나는 친구인 정신과 P교수에게 전화하였다. 한 보직자가 나에게 해를 끼쳤던 내용을 말하고 그 보직자에 대한 분노를 표출하였다. 친구는 우선 약을 처방하였다. 어느 정도가 지나 조금 안정되었을 때 친구는 나를 한 커피숍으로 불렀다.

> P교수: 영현아 나는 조폭이 제일 불쌍해 보이더라.
>
> 나: 왜?
>
> P교수: 머리 좋으면 공부해서 먹고 살고, 인물 좋으면 얼굴로 먹고 사는데, 주먹하나 잘 쓰는 조폭들에게는 주먹을 불법이라 하지 않느냐?
>
> 나: …….
>
> P교수: 윗사람에게 잘보이는 게 주특기인 사람보고, 니가 자신의 주특기를 쓰지 말라고 하면 그 사람은 얼마나 억울 하노?

교학과장(현 교무부학장) 직을 수행하던 때 내게 벌어진 일이다. 갑작스레 학장과 병원장을 맞바꾸는 인사가 발표되었다. 그보다 2년 전 학장으로 선출되셨던 Y교수가 학장직 수행후 반년 되어 병원의 일이 급하다고 하시며 학장과 병원장을 겸임하게 되었다. 학내의 반발과 지적이 있었지만 Y교수는 1년 반 동안 병원장과 학장을 겸임하였다. 이후 새로운 학장이 임명되었고 나는 그 학장을 보좌하는 교무부학장이 되어 열심히 보직에 종사하였다. 그런데 6개월 만에 학장이 병원장으로 옮겨가고 병원장이던 Y교수가 학장으로 복귀하는 인사 명령이 내려졌다.

이러한 인사 명령은 다른 대학에서 예가 없어 구성원들이 수긍하기 어려웠다. 주변 대학에서는 학교에도 병원에도 그분 빼고는 인물이 없나보다는 평이 나왔다. 이 점은 우리 기관의 수치로 여겨졌다. 나는 이러한 파행인사를 받아들일 수 없었다. 나는 일개 교무부학장에 불과하지만, 우리 대학 교원들을 대표하여 파행인사에 반대를 표명하기로 마음먹었다. 새 학장이 내게 부학장을 계속 맡아 달라 요구하면, 이를 거부하겠다 마음먹었다.

예상대로 Y교수가 나를 찾아 보직을 계속 수행하여 달라고 부탁하였다. 나는 곤란하다 답하였다. 내가 보직을 계속 수행하리라 예측하였던 Y교수는 내가 보직을 사양하자 살짝 당황하였다. 내게 이유를 물었다. 나는 나와 그가 잘 맞지 않는다고 대답하였다. 이전에 나는 Y교수와 관계가 좋았다. 그분은 내가 자신에게 잘 맞는다고 거듭 설득하시더니 내 완고한 의사를 확인하고 나를 떠났다. 그러나 교무부학장을 찾아 나선 Y교수는 점차 궁지에 몰리게 되었다. 부학장을 수행할 만한 연배의 교수들이 연이어 부학장직을 맡지 않겠다며 사양하였다. 그러면서 몇 분은 전임 부학장인 나를 한 번 더 설득하라고 충고하였다는 소문이 들렸다. 학장은 이후 나를 세 번 더 찾아왔다. 학사에 전권을 주겠다고 설득하기도 하였다. 그러나 나의 뜻은 완고하였다.

상황이 이렇게 돌아가자 Y교수는 내가 자신을 거부한다고 해석하였다. 학장은 나 때문에 다른 교수들이 보직을 맡지 않는다며 '나와 원수가 될 것이다'는 뼈있는 말도 하셨다. 나는 '보직 맡지 않는다고 원수가 되란 법 어디 있느냐'고 능청을 떨었다. Y교수는 학장 업무 시작 후 보름이 지나도록 새 부학장을 찾지 못하였다. 이 소식은 대학교 전체에 알려졌고 그는 큰 곤혹을 치렀다. 이후 보직자를 구하고 학장직을 수행하였지만, 보직자를 구하지 못하던 곤혹스런 시기에 남은 앙금을 가슴 속에 품고 지내셨나보다. 몇 개월이 흘러 그분은 '원수가 될 것'이라는 예언을 그대로 실천하였다. 나를 MRC 센터장 후보 자리에서 끌어 내려 소위 내게 복수를 하였다.

기초의학교원들의 새로운 연구사업이었던 MRC 사업이 공지되자 우리 대학 기초의학교원들은 나를 센터장으로 추천하였다. 업적이 가장 높았고 나이도 적당하다 여겨졌다. 수개월 동안 애써 과제를 준비하고 지원일이 임박할 즈음, 당시 학장이었던 Y교수는 '발표능력'이 부족하다는 수긍할 수 없는 이유를 들어 센터장 교체를 요구하였다. 본인 스스로 의견을 피력하였고 내가 반발하자 측근 교수들을 움직여 센터장 교체를 요구하였다. 나는 처음에는 버텼으나 며칠 지나 센터장 직을 던지기로 마음을 먹었다. 아예 센터 연구진에서 완전히 빠져나왔다. 그리고 심한 마음의 동요를 겪었다. 우리대학교 센터가 1차, 2차를 통과하였다는 소식이 들려오자 갈등은 더 심하여졌고 마침내 나는 패닉에 빠졌다.

이 패닉 치료를 위해 만나던 정신과 교수인 P교수에게서 나는 놀라운 깨달음을 얻었다. 이런 시각도 있구나!

그러나 P교수에게 이야기를 듣고도 바로 수긍하지는 못하였다. Y교수가 재단이 소유하던 고등학교를 매각하여 재단의 신임을 받아 이처럼 보직을 유지한다는 소문도 전해 주었다, 이에 대해 친구는 거듭 놀라운 발언을 하였다.

"니 보고 고등학교 매각해달라면 니는 그런 일 할 수 있나? 어려운 일
대신 해준다고 생각하면 되지 않나?"

나는 친구에게 완전히 설득되었다. "조폭" 이야기는 내게 촌철살인이 되었다.

그리고 이후 각자의 장점을 살려 세상을 살아가는 사람들의 수완에 대하여 이해가 깊어졌다. 처음에는 어렵게 이해하려 노력하였지만 이제는 쉽게 받아들여진다. 이후 나는 Y교수와 관계를 완전히 회복하였다.

## "맡지 않으려는 사람을 써서 실패한 적 없다"

기자와 단국대학교 전총장 장충식씨의 대화를 재구성하였다.

> 기자: 장 총장님 함께 일하던 보직자을 구하시는 원칙을 묻고 싶습니다.
>
> 장충식 : 예. 보직을 맡지 않으려는 사람을 찾아내는 것이 원칙입니다.
>
> 기자: 무슨 말씀인지?
>
> 장충식 : 보직 맡지 않으려는 교수에게 맡겨 실패한 적 없습니다.
>
> 기자: 예.
>
> 장충식: 심지어 보직을 맡지 않으려 피하였던 한 보직자는 보직에 매진하였기 때문에 보직 수행 후에는 자신의 학문을 포기하게 되었습니다.

장충식씨의 언급은 유비의 삼고초려와 같다. 총장의 입장에서 일꾼을 바로 알아보고 놓치지 말라는 뜻이 된다. 그러나 나는 총장 지위에서 일꾼을 찾는 입장이 아니었다. 이 말은 전혀 다르게 내게 적용되었다. 일을 맡으면 책임감을 다해야 한다고, 그리고 더 나아가 책임감 다하느라 내 본분에 지장을 받을 것이라는 경구로 다가왔다. 네 학문에 큰 손상이 오니 벗어나라는 의미로 피하라는 가르침이 되었다.

나는 대학 재학 중 네 번의 보직 기회를 사양하였다. 학장직을 두 번 수행할 기회가 있었고, 본부 보직 기회가 한 번 있었다. 타 대학에서 학장으로 오라는 제안도 받았다. 나는 이전에는 교수 경력에서 보직을 등한히 한 편은 아니다. 학생부학장과 교무부학장을 수행하였고 위원회 활동도 열심히 수행하였다. 하지만 학장직과 본부 보직같이 많은 책임이 따르는 자리는 연이어 사양하였다. 책임감 때문이었다. 보직에 임용되었다면 나는 임용 기간 내내 책임감에 사로잡혀 지냈을 것이다. 책임을 다하기 위하여 몸과 감정이 상할 정도로 일하였을 것이다.

두 번은 학문을 핑계로 학장직을 피하였다. 연구 과제를 책임자로 수행하고 있어 학문에 전념하겠다는 뜻은 사양의 이유로 충분하였다. 한 번은 이웃 대학에서 제안을 받았다. 마침 연구자 헌팅이 대학들에서 싹틀 때였다. 대학원생 학비 지원 등 파격적인 지원을 약속하면서 후에 대학을 맡아 달라는 제안을 받았다. 나는 이 제안도 사양하였다. 대개 이런 약속은 지 켜지지 않는다. 그러나 단지 후일에 대한 염려 때문만은 아니 었다. 책임을 짊어지고 감당할 자신이 없었다. 본교 보직은 건 강 문제를 핑계로 사양하였다. 심한 과민성대장으로 아침마다 있을 회의를 감당하기 어렵다는 핑계를 대었다. 과민성대장은 사실이나 모든 회의를 감당할 수 없다는 말은 사실이 아니었 다. 본교에는 내가 진단서를 내고 보직을 사양하였다는 소문이 퍼졌다.

대학교수에게 보직은 경험을 바탕으로 전문가집단을 위하여 봉사하는 자리이고 희생하는 자리이다. 이 희생을 벗어나려는 내 이기심을 미화하려는 글은 아니다. 다만 누군가의 견해는 입장이 바뀐 다른 사람에게 전혀 상반되게 적용되어 촌철살인 이 될 수 있다는 점을 깨닫게 된다.

## "들어 달라고 했지 해결해 달라고 했습니까?"

### 결혼직후

아내: 00가 이런 전화를 해서 마음이 불편하네요.

나: 내가 00에게 전화해서 당신에게 그런 말 하지 말라고 할게요.

아내: 들어만 주세요. 내가 해결할게요.

### 결혼 10년 후

아내: 00가 오늘 찾아와서 이렇게 요구합디다.

나: 내가 00를 만나 왜 그런 말 했느냐고 항의할게요.

아내: 들어만 주세요. 내가 불편하다는 말을 했을 뿐입니다.

### 결혼 20년 후

아내: 00와 이런 일이 있었습니다. 그 사람 왜 자꾸 그러는지?

나: 내가 00를 만나 당신 그만 괴롭히라고 할게요.

아내: 내가 들어 달라고 했지 해결해 달라고 했습니까?

나: …….

**결혼 35년 후**

아내: 오늘 00와 이런 일이 있었습니다. 왜 자꾸 그러는지?

나: 그러게 말입니다….

아내: 많이 늘었네요.


우리나라에서 서양의학 교육이 시작되고 1세기가 흘렀다. 미선교사들에 의한 제중원의학교(연세대학교 의과대학 전신)가 처음 설립되었고 그 후 관립의학교가 설립되었으며 이후 일제 강점기에 여러 의학교가 설립되었다. 일제 강점기 이후 해방공간에서 이들 의학교들이 연세대학교, 서울대학교 의과대학으로 개편 혹은 재건되었으며 1950년대와 1960년대 주요 국립 및 사립대학교에 의과대학이 신설되는 등 의과대학 교육 기관이 확충되었고, 현재 전국에 40개 의과대학이 존재한다.


우리나라에서 현대 의학교육의 틀은 1970년대까지 큰 변화가 없었다. 대부분의 의과대학들이 기초의학교육 2년 및 임상의학교육 2년의 교과과정을 골간으로 의학교육을 실시하였다. 심장의 구조를 해부학에서 배우고, 심장의 기능을 생리학에서 배우고 심장병은 심장학에서 배웠다. 1980년 후반기부터 1990년대에 걸쳐 의과대학 교과과정에 큰 변화가 일어난다. 기초 임상 통합교육이라는 큰 변혁의 틀이 들이닥쳤다. 기초임상 통합과정에 따르면 심장학이라는 과목에서 심장의 구조, 심장의 기능 및 심장병을 모두 배운다. 대학에 따라서 기초의학 통합과정 도입의 시기와 정도에 차이가 있었지만 기초의학통합과정은 의과대학 교과과정의 큰 변혁을 가져왔다.

1900년대 말 PBL(problem based learning, 문제기반학습) 도입을 두고 의학교육계가 술렁였다. PBL이란 문제를 활용하여 학습자 중심으로 학습을 진행하는 교수-학습 방법이다. PBL은 1970년대 중반 의과대학 교육의 문제점을 개선하기 위하여 개발된 교수-학습 모형이다. 과거 의과대학에서는 특이 질병을 다음 순서로 교수가 강의하였다. 질병의 원인 → 병인론(발병기작) → 환자의 증상 → 진단 및 감별진단 → 치료. 이런 강의는 대강의실에서 학생 전체를 대상으로 이루어진다.

반면 PBL과정는 소그룹으로 이루어지는 새로운 교수-학습법이다. 교수가 첫 만남에서 학생들에게 특이 증상을 호소하는 환자의 문제를 제시한다. 학생들은 문제를 확인하고 토론을 거쳐 문제해결을 위한 자료 수집을 분담한다. 학생들은 흩어져 자료를 수집하고 학습하며 다음 만남에서 문제 해결안을 도출한다. 교수는 일방적인 강의보다는 학생들의 학습을 이끄는 리더의 역할을 수행하게되는데 학생들은 강의로 지식을 일방적으로 주입받던 과거 학습과 달리 자신이 주도적으로 학습한다는 장점을 가진다.

여러 측면에서 나는 보수주의자이다. 나는 과거를 통하여 배우고 미래를 대비하는 태도를 견지한다. 전통가치를 존중하며 안정을 지향한다. 새롭게 바꾸어서 미래를 대비하는 진보적 태도와는 거리가 멀다. 교육과정도 서서히 바꾸어 나가야 한다는 입장에 서 있다. 그렇지만 PBL 도입에는 앞장섰다. 신임학장단에서 학사에 대한 자문을 받은 한 교수님을 도와 PBL이 우리대학 교과과정에 도입되는데 일정한 역할을 하였다. PBL이라는 학습과정에 적극적이었던 이유는 문제해결적 태도가 바탕을 이루었는지 모른다.

나는 문제해결형이다. 「여자는 절대 이해할 수 없는 남자의 심리」 저자 다카하시 쿄이치는 남성은 문제해결형 여성은 공감우선형이라고 설명한다. 그에 따르면 공감을 우선하는 여성이 늘 상대방과 기분을 나누고 싶고 같은 생각을 하고 싶다는 욕구를 가진 반면, 남성은 문제가 없을 때에는 공감 따위에는 뇌를 움직이지 않고 문제가 있다고 느낄 때만 뇌를 움직여 문제의 해결에 집중한다. 그의 말이 내게는 꽤 맞는다. 나도 아내와 공감하고 아내를 이해하기보다는 아내에게 일어나는 문제 만을 보았다.

결혼 후 20 여 년 지나 아내가 들어주기만 원하지 문제를 해결해 달라는 것 아니다는 말을 시작한 후에도 한 참 동안 나는 아내의 말을 잘 이해하지 못하였다. 공감능력이 부족하니 아내를 이해하기 보다는 문제를 더 파헤치려 하였다. 하지만 물방울도 모이면 바위를 뚫는다. 수적천석(水滴穿石)! 이슬방울이 모이면 바다를 이룬다. 노적성해(露積成海)! 아내가 나에게는 들어주기를 원할 뿐 해결방안을 원하지 않는다는 말은 내 기억에 서서히 채워져 갔다.

나는 마침내 아내의 말에서 문제를 발견하기보다는 공감하려는 태도로 바뀌어 나갔다. 아직도 아내가 뭐라 말하면 문제를 발견하고 해결책을 제시하려는 마음이 움틀댄다. 그러나 세월은 더디지만 사람을 변화시킨다. 극단적 문제해결형을 떠나 공감형 태도를 장착한 나는 이전과는 다르게 반응하기 시작하였다.

촌철살인이 듣는 데에도 시간이 필요하다.

# '아주 바보처럼 답해라.'

나: 선생님 상의드릴 일 있어 전화했습니다.

L교수님: 무슨 일이고.

나: 후배교수들이 총장공모에 지원하라고 합니다.

L교수님: 작은 일은 아니네. 니 마음은 어떻노?

나: 진심으로 지원하고 싶지 않습니다.

L교수님: 왜?

나: 이 시기에 총장일 수행하려면 제 성격에는 병이 듭니다.

L교수님: 나도 니 생각과 같다. 그렇다면 하지 않는다고 말하면 안되
　　　　　나?

나: 후배교수들에게 나는 학문에 전념하겠다고 말하면 되겠는지 여쭈
　　려 전화드렸습니다.

L교수님: 그리 말하면 니 한테 감정이 남지. '우리는 학문하지 않는다
　　　　　는 말이가?'라는 생각이 들거든.

나: 그러면 어찌 해야 됩니까?

L교수님: 아주 바보처럼 답해야 한다. 그래야 나중에 감정이 남지 않

는다.

한 때 사립대학교 총장도 직선제로 선출하였다. 내가 재직하는 대학교에서도 몇 번 직선제로 총장을 뽑았다. 1980년대 후반 정치 민주화와 함께 불어 온 총장 직선제는 대학사회를 선거판으로 몰고 갔다. 총장이 임명되던 시기에는 총장을 원하던 자들이 임명권자의 마음을 얻으려 움직였다. 하지만 직선제가 되니 대학교 교수들의 마음을 얻기 위하여 움직였다. 정치인 선거와 유사한 상황이 벌어졌다.

아무리 규모가 큰 대학교라고 해도 교원의 수가 국회의원 선거구민의 유권자에 비하면 한 줌 정도에 불과하다. 그래도 상대방이 있는 선거이니 만큼 이 규모에서도 선택받으려면 힘든 선거운동을 벌여야 했다. 같은 대학교에 소속되어 있어도 막상 총장 선거에 나선 모든 후보들은 대부분 교원들에게 익숙하지 않은 존재이다. 특히 총장자격이라는 잣대로 후보자를 판단하기에는 구성원들이 가진 정보는 제한적일 수밖에 없다. 여러 경력으로 압도적인 우위를 가진 후보자가 있는 경우는 드물었다.

사정이 이러하니 후보자들은 다른 선거처럼 자신의 인지도를 높이려는 노력을 중시하였다. 본인이 소속된 대학과 동창회의 규모가 클수록 선거에서 우위에 있었고 여건이 불리하면 극복하기 위하여 각고의 노력을 다한 선거전략으로 임했다. 총장을 염두에 둔 교수들은 구성원들의 관혼상제에 빠지지 않고 얼굴을 내밀었다. 자신을 부각시키기 위하여 상대방을 비난하기도 하였다. 정치인 선거운동처럼 선거 운동원도 활약하였다. 선거를 위해 참모로 뛰는 교원들은 자신이 지지하는 후보자를 알리기 위하여 노력하였고 선거 후에는 일종의 논공행상처럼 보직을 맡기도 하였다.

직선제 선출에 대하여 대학사회의 정치판화라는 비난이 이어졌다. 한 바탕 선거를 치르고 나면 교원들 사이에 위화감이 남았다. 더군다나 개인 소유의 사립대학교에서 총장의 직선제는 사립학교 설립 취지와 모순되었다. 직선제는 외부로부터의 유능한 인사 영입을 어렵게 하는 단점도 있었다. 이후 사립대학교 총장은 이사회에서 선출하게 되었다.

이제는 사립대학교 총장을 이사회가 선출하지만 물 밑에서 구성원들의 힘겨룸이 있다. 총장선출에 직접 영향을 미치지는 못하더라고 대학교 직원들은 차기 총장에 어떤 인물이 적합한지 적합도 조사를 하는 등 의견을 피력하여 이사회의 결정에 영향을 미치려 노력한다. 국립대학교 총장 선거처럼 전 교원을 대상으로 하는 선거는 아니지만, 범위가 작고 농축된 선거인 셈이다. 우선 총장 후보들은 추천서를 받는 과정부터 기선을 제압하기 위하여 가능하면 다양한 전공분야의 능력과 명성 높은 교수들의 추천을 받기 위하여 노력한다. 이사회에서 대학 경영 비젼을 프리젠테이션 하기 위하여 여러 전문가들의 도움을 받아 발표에 신경 쓴다.

몇 년 전 후배 교수들이 내게 총장공모에 지원하기를 건의하였다. 전체 교원 1/4 이상이 의과대학 소속이다. 우리 대학교에서도 의과대학 소속 총장이 탄생할 때가 되었다는 후배 교수들의 열망을 전달하였다. 다른 사립대학교와 달리 우리 대학교 의과대학은 본교의 영향을 지나치게 받는다는 불만이 팽배하였다. 의과대학이 모체가 된 여러 다른 대학교에 비하여 대학교 내 한 단과대학으로 설치된 우리대학교의 의과대학은 상대적 위상이 낮았다. 실제 학사와 진료에서 본교의 간섭으로 진취적인 의사 결정을 내리지 못하였다.

후배 교수들은 단지 의과대학의 위상 제고를 위하여 나에게 출마하라는 뜻은 아니라고 덧붙였다. 부산대학교와 경상대학교 등 인근 국립대학교에서 우수연구센터 센터장 출신이 연속으로 총장에 선출되자 후배 교수들은 우리 대학교에서도 주변 대학에 학문 경력에서 뒤지지 않는 총장이 임용되어야 부끄럽지 않다는 말까지 하였다.

내게 큰 도전이 닥쳤다. 주요 보직들을 사양하였던 내게 이 사회가 총장으로 선택할 가능성도 적었지만, 총장공모에 응할 마음도 전혀 없었다. 내게 거듭 물어도 나는 원하지 않고 있었다. 갈등은 내게 찾아온 후배들 때문에 일고 있었다. 후배 교수들의 마음이 이해되어 매몰차게 답하기가 쉽지 않았다. 나는 결국 고민하다 평생 도움을 주셨던 L교수님께 전화를 드려 조언을 구하였다.

L교수님의 조언을 듣고 나는 후배 교수들에게 다음과 같이 답하였다.

"마누라가 총장 나가면 이혼한다더라."

나는 후배들의 청을 벗어날 수 있었다. 후배 교수들에게 감정의 앙금이 남아 있지 않기를 바랄 뿐이다.

# '그 사람 복도 많지'

해부학조교 시절을 함께 하였던 K기사에 대한 이야기를 주고 받을 때였다.

나: 선생님 K기사님 어제 돌아 가셨습니다.

L교수님: 그렇구나. 어떻게 돌아가셨나?

나: 심장마비로 급사하셨습니다.

L교수님: 나이가 얼마 되셨나?

나: 62세입니다. 은퇴하시고 한 달 뒤 돌아 가셨습니다.

L교수님: 그 사람 복도 많지.

나: 복이 많다니요? 그 나이에 돌아가셔서서 모두 벌 받았다고 합니다.

L교수님: 왜 벌 받았다고 하노?

나: 가정 돌보시지 않고 평생 주색으로 세월을 보내셨으니 사람들이 그렇게 말하지요.

L교수님: 그러니 복 많은 분이지. 이제 은퇴 후 집에 들어가 마누라 핍 박받을 일만 남았는데 급히 가셨으니.

나: ???

해부학교실에서 조교를 시작하면 K기사의 수련을 받는다는 말이 있었다. 실제 교수님들에게서 지도받는 것 보다 K기사의 지도가 더 혹독하였다. 교실에서 오래 지냈던 관록과 교수님들을 보좌해온 경력으로 젊은 조교들을 압도하셨다. 근무시간 내내 K기사의 훈육과 꾸지람을 듣는 일이 해부학조교의 일상이었다. K기사는 하루 종이 찌푸린 얼굴을 하고 입만 열면 온갖 불평불만을 표현하였다.

종일 짜증을 내면서 주변 사람을 불편하게 하시던 K기사는 퇴근 시간이 다가오면 태도가 확 바뀌었다. K기사는 퇴근 후에는 늘 술자리를 가졌다. 퇴근 시간이 되면 K기사 얼굴은 싱글벙글하였다. 조교들은 근무시간의 모든 불편함이 저녁 술자리에서는 깨끗이 가신다는 것을 잘 알았다. 조교들은 1주일에 한 번 정도는 K기사의 기분을 달래려 술자리를 함께 하였다. 술좌석에 함께 하면 K기사는 낮과는 전혀 다른 분이 되셨다. 소주 잔을 바라다보는 것만으로도 기뻐 보였다. K기사님은 술 외에도 평생 가족에 죄를 지었다. 주색잡기와 노름으로 평생을 보냈다.

K기사가 은퇴하고 얼마 되지 않아 부음 소식이 들려왔다. 부음 소식을 듣자 과거 K기사의 주색에 빠졌던 삶이 파노라마처럼 스쳐 지나갔다. 그리고 평생의 주색잡기 때문에 가족에 씻을 수 없는 죄를 짓더니 벌을 받아 일찍 돌아가셨다고 생각하였다. 그분과의 세월을 공유하던 동료들도 나와 같이 생각하였다. 그런데 L교수님은 죽음에 대한 해석을 달리하시면서 죽은 고인이 복이 많다는 신선한 해석으로 나를 놀라게 하셨다.

 철학적이나 종교적 관점에서는 죽음이 슬픈 사건이 아닐 수 있다. 그러나 세상을 떠나는 이에게 표하는 일반적인 태도는 애도이다. 그러나 이면을 들여다 보면 이처럼 죽음은 축복으로 해석될 수도 있다. 이후 나는 죽음 앞에서 마냥 슬픔을 표하지 않는다.

# '분할통치다.'

## 배경과 대화(1)

    나: K교수를 만났더니 Y교수에 대해 비난하던데요.

    L교수님: 분할통치다. Y에게는 네 비난을 하였을 거다.

    나: 우리 둘을 갈라놓으면 K교수는 무슨 덕을 보는데요?

    L교수님: 둘 다 제 편을 만들 수 있다고 해석하는 거지.

    나: 자기 뜻대로 둘 다 제 편이 될 수 있나요?

    L교수님: 착각이지. 분할통치는 사람들이 흔히 사용하는 가장 원시적
            인 정치다.

## 배경과 대화(2)

어느 날 실험실에서 생일축하 노래가 들려왔다. 노래를 마칠 무렵 갑자기 큰 소리가 들렸다. Y박사가 실험실의 석박사 학

생들 및 연구원들에게 고함을 쳤다. 며칠 전 Y박사의 생일에 아무 행사 없이 넘어간 섭섭함이 다른 사람의 생일행사에 맞춰 폭발한 것이다. 나는 Y박사를 뺀 모두를 나무라고 당시 어색한 상황을 넘겼다.

Y박사가 실험실을 떠난 뒤 나는 실험실 구성원 몇 명을 불러 Y박사와 다른 실험실 멤버들의 관계악화에 대하여 물었다.

> 나: 너희들보다 Y박사가 연배가 높지 않나? 손 아래 사람들이 윗 사람을 따돌리다니 좀 이상하다. 설명해 줄 수 있나?
>
> 실험실원: …….
>
> 나: 나는 좀체 이처럼 실험실 멤버를 불러서 뒷 조사하듯이 묻지 않는다. 그렇지만 오늘 벌어진 일은 너희들이 집단으로 Y를 따돌린다 보이기 때문이다.
>
> 실험실원: …….
>
> 나: …….
>
> 실험실원: 처음에는 저보고 A를 욕하고 A에게는 제 욕을 하였다는 것을 확인하였습니다. 이후 저희들 끼리 말을 맞춰 보니, 모든 사람들에게 이간질을 일삼았음을 알게 되었습니다.

직장생활을 시작하면서 겪은 가장 불편한 점은 소위 분할통치(divide and conquer or rule)이다.

분할통치는 둘을 분리시켜 다스린다는 의미로 과거에 로마의 시이저나 프랑스의 나폴레옹이 국가를 점령하고 지배하는 전략도 포함하며, 계층과 지역 신분 간을 분리하여 통치하는 개념이기도 하다. 최근에는 해결할 수 없는 문제를 작은 문제로 분할하여 해결하는 방법 혹은 알고리즘을 의미하기도 한다. 동양 고전의 이간계 역시 분할통치와 다르지 않다.

성인이 되니 사람들이 가장 흔하게 사용하는 정치적 전략이 분할통치라는 점을 피부로 느끼게 되었다. 사람들은 흔히 두 사람에게 각기 다른 말을 하면서 둘 모두를 자신의 편으로 만들고자 한다. 아주 원시적인 이런 전략은 흔하지만 쉽게 발각되기도 한다.

직장생활을 시작하면서 나는 내 경력에서 분할통치를 배제하여야 한다고 다짐하였다. 처음 한두 명이었던 내 실험실 인원이 10여 명을 넘기면서 사람들의 관계가 내 실험실 연구업적에 큰 영향을 미치게 되었다. 그러나 나는 실험실 사람들을 분할통치하여 조정하려는 노력을 하지 않았다. 나와 함께 한 사람들은 이 점을 잘 안다. 그러나 내가 분할통치를 하지 않았더니 구성원 내에서 분할통치가 벌어졌다. 이 사실을 알게 되면서 쓸쓸하였다. 역시 분할통치는 흔히 사용하는 원시적인 정치임을 확인하였다.

그래도 그 원시적인 분할통치 전략을 쓰지 않았던 내가 기특하다. 모든 가르침이 모두에게 같은 깨달음을 준다면 촌철살인이라는 개념조차 존재하지 않을지 모른다.

## "화성인 남자. 금성인 여자."


제목부터 독자들의 관심을 끌었던 '화성에서 온 남자. 금성에서 온 여자'라는 책은 한 때 상당히 주목을 받았고 여전히 그 메시지는 유용하다. 이 책은 남성과 여성의 차이점을 설명하고 연인관계와 부부관계를 이어가기 위하여, 서로에 대한 이해를 증진시키기 위하여 존 그레이가 저술한 책이다. 서로 다른 행성 출신일 정도로 서로 다른 남자와 여자가 서로의 차이점들로 인하여 충돌한 경험을 가진 연인들은 이 책에 공감하였다. 연인과 부부는 행복하기 위하여 최선을 다하려고 애를 쓴다. 그러나 문제는 끊이지 않고 두 사람 사이를 비집고 들어온다. 둘 사이에 원망이 쌓이고, 오해가 증폭되며 대화가 단절되면서 사랑은 점차 위기를 겪는다.


보통 사람들은 상대가 나를 사랑한다면 자신이 누군가를 사랑할 때 행동하고 반응하는 것과 똑같은 방식으로 행동해야 한다고 믿는다. 이 믿음을 끝까지 견지하면 커플은 파국을 맞는다. 그러나 어떤 사람들은 이 믿음을 깨뜨린다. 서로의 차이를 인정하면 나와 다른 상대방의 행동을 이해하거나 적어도 상대방의 행동을 참고 견딜 수 있게 된다. 이들은 파국에 이르지는 않는다. 서로의 차이를 명확히 인식하고 존중하면 우리는 이성을 대할 때의 혼란스러움을 줄일 수 있다. 남자들은 화성에서 오고 여자들은 금성에서 왔다는 것을 염두에 두면 진심으로 사랑하는 사이에 일어나는 갈등의 원인이 분명해진다.

### 배경과 대화

40대 중반 이른 나이에 첫 주례를 보게 되었다. 남고와 여고 연합 동문회에서 사귀던 제자들이 결혼하게 되었다며 주례 청을 하였다.

아내: 하객들 많이 왔던가요?
냐: 예
아내: 첫 주례인데 어떤 말을 하였습니까?
냐: 화성에서 온 남자 금성에서 온 여자 이야기했습니다.
아내: ???
냐: 좋아서 결혼하지만 결혼하면 서로 다르다는 점이 불편케 할 것이

라는 말을 했지요.

아내: 그래서요?

나: 사람은 각기 다를 뿐 누가 옳고 그른 것 아니니 상대방 고치려 하
지 말고 그저 다르다는 점 인정하고 살아가라 했습니다.

아내: (어이없는 표정을 지으며) 말도 안 돼. 당신이 그런 주례사를 하다니.

내 첫 주례사에 대하여 아내의 질타성 반응을 받을 때만 하
여도 나는 아내의 반응을 이상하게 여겼다. 나는 아내와 내가
다르다는 점을 잘 이해하고 결혼생활을 영위하고 있다고 믿었
다. 화성인으로 살고 있다고 깨닫는 데는 더 오랜 시간이 필요
하였다.

나는 내 목적을 이루는 능력에 관심이 있는 화성인이었다.
목표지향적이고, 아내가 청하지 않는데 자청하여 조언하면서
나를 확인하였다. 그러나 아내는 자신의 느낌을 함께 나누는
관계를 통해 자기 존재를 확인하는 금성인이었다. 아내는 내
능력보다는 나의 이해와 관심 그리고 따뜻함을 원하고 있었을
테다. 나는 끊임없이 조언하는 화성인이었고 내 상대는 내게
조언보다는 귀 기울여 들어주기를 원하는 금성인이었다. 나는
항상 내 문제에 골몰하며 화성인의 동굴에 들어가 문제가 해결
되지 않는 때에는 아내를 건성으로 냉랭하게 대하였고 아내에

대하여 부주의하였다. 이런 나에 대하여 금성인 아내는 내가 자신의 이야기에 귀 기울이지 않음을 섭섭히 여기며, 나를 남 같이 느끼고 있었다. 자신을 무시한다고 생각하였다.

첫 주례 후 내게 이런 깨달음이 한꺼번에 밀려 온 것은 아니었지만, 이후 우리 집안의 화성인과 금성인은 과거보다 두 사람의 차이를 인정하게 되었다. 상대방을 바꾸는 것은 불가능하지만 견디는 것은 가능하였다. 우리는 분명 과거보다는 더 평화롭게 지낸다.

2023년 부산 해운대 좌동의 한 아파트에는 화성에서 온 나와 금성에서 온 아내가 큰 갈등 겪지 않고 살아간다.

### 주례사 3선

적잖게 주례를 섰다. 제자들 청이 이어졌다. 오랜 친구들도 내게 연이어 주례를 부탁하였다. 아주 잘못 살지는 않았나 보다고 스스로 감격한다. 신랑 신부가 바뀌어도 나는 주례사 내용을 심하게 바꾸지 않는다. 새로 출발하는 부부에게 필요한 말은 비슷하기 때문이다. 특히 서로 다른 사람이라는 점을 인정하고 상대방이 틀렸다는 생각을 하지 말라는 주례 내용은 늘 반복하였다. 컴퓨터에 남아있는 주례사 몇을 골라서 아래와 같이 정리하여 보았다. 동일한 부분은 생략하기도 하였다.

**주례사 1**

40년 지기인 신랑의 부친으로부터 몇 달 전 본 결혼식 주례 부탁을 받았습니다. 최OO 원장은 대학 신입생이래 친구입니다. 이후 저는 제가 제자들 결혼식에서 한번도 빠짐없이 첫 번째로 드렸던 당부의 내용을 이번에는 바꾸어야 하지 않느냐로 고민하였습니다만 이번에도 같은 내용으로 주례를 시작하기로 정하였습니다.

신랑과 신부는 이제부터 자신의 배우자가 자신과는 전혀 다른 사람이라는 것을 늘 명심하셔야 합니다.

결혼을 결심한 사람들에게 배우자 선택 이유를 물으면 많은 사람들이 비슷하여서라고 답합니다. 결혼에까지 이르려면 성장환경 교육정도 문화적 토양이 비슷할 수 밖에 없습니다. 그러나 막상 함께 살기 시작하면 배우자가 나와는 아주 다른 사람이라는 것에 놀라게 되고 이로 인해 불편한 일들이 발생하다가 급기야는 결혼생활의 행복을 해치는 갈등이 빚어집니다.

행복한 결혼에 대하여 대부분 사람들이 그리는 그림은 비슷합니다. 우선 본인들이 사이 좋게 사는 것이고 배우자의 가족과도 화목하게 사는 것, 그리고 부모님께서 자신들에게 베푸셨던 사랑과 희생을 이제는 자신들의 자녀들에게 내려 오랜기간 많은 정성이 들어가는 육아와 교육과정을 보람으로 여기고 함께 감당하는 것 등입니다.

이 부부 역시 동일한 행복을 꿈꾸고 결혼생활에 돌입하였습니다. 그런데 세부적인 문제에 들어가면 둘이 일치하지 못하여 갈등이 빚어지게 마련입니다. 이런 갈등의 대부분은 두 사람이 다른 점에서 비롯됩니다.

사람은 각기 다릅니다. 심리적 태도도 다르고 행동양태도 다르며 가치관도 다릅니다. 그런데 인간이란 자신과는 다른 사람을 잘 이해하지 못하는 부족한 존재라는 데에 문제가 있습니다.

본인은 현재가 중요하다 생각하는데 배우자는 자꾸 미래를 대비하자고 합니다. 본인은 현 상황이 매우 비관적인데 배우자는 덤덤하니 낙관적입니다. 본인은 형식이라는 것도 중요하다고 생각하는데 배우자는 내용이 중요할 뿐 형식은 등한시 합니다. 본인은 그냥 감성으로 받아 들여주면 좋겠는데 배우자는 하나하나 따지고 묻습니다. 각각 타당한 태도이지만 자신과 다른점을 이해하지 못하니 갈등이 빚어집니다. 문제해결의 필요성은 동감하는데 해결 방향이 다를수도 있습니다. 방향은 같은데 정도가 다를 수도 있습니다. 본인은 이만큼이면 만족되는데 상대방은 저만큼 하자고 합니다. 이런 다른 점들을 해결하지 못하니 갈등이 고조되고 결혼생활에 파열음이 납니다.

대개 신혼부부들은 이런 문제를 발견하고는 상대방을 바꾸어 문제를 해결하려는 시도를 합니다. 그러나 사람은 잘 바뀌지 않습니다. 상대방은 자신이 익숙한 것을 놓으려 하지 않을 것입니다. 그리고 상대방을 바꾸려는 기저에는 본인이 옳고 상대방이 틀린다는 판단이 흔히 개재합니다. 그러나 상대방은 본인이 옳다고 생각하니 강력하게 저항할 것입니다. 간혹 본인이 바뀌어 문제를 해결하려고 마음 먹을 수 있지만 본인이 본인을 바꾸는 것은 상대방을 바꾸는 것만큼이나 어렵습니다.

이처럼 서로 다르기 때문에 생겨나는 갈등이 축적되어 많은 부부들은 성격차이라는 이유로 극단적인 선택을 하기도 합니다.

그러면 해법은 무엇이겠습니까? 나와 상대방이 다른 사람이라는 것을 우선 인정하는 것입니다. 상대방을 바꾸려고 노력하지도 내가 바뀌어야 된다고 강박가지고 노력하지도 않고 서로 다른 사람이라는 것을 인정하는 것입니다. 그리고 세월에 맡기고 살아가다 보면 각각 바뀌지 않았는데도 불구하고 서로에게 불편을 느끼지 않는 경지에 이르게 됩니다. 간혹 조금씩 방향을 틀어 접점에 이르기도 합니다. 많은 부부들이 이와같이 서로 다른 문제를 극복하고 결혼생활을 영위하였습니다.

그러나 이 해법은 다소 아쉽습니다. 너무 시간 소모적이며, 과정에 많은 상처를 남길 것 같습니다. 보다 실제적인 해법이 있었으면 좋겠습니다. 그래서 제가 이 부부에게 팁 하나를 드립니다. 결혼생활 중 갈등이 일어나면 상대방에게 결심을 넘기시기 바랍니다. 자기와 다른 사람에게 결심을 넘기기가 쉽지 않을 것입니다. 불안하기도 할 것입니다. 그러나 배우자 역시 나와 같은 결혼생활의 행복을 꿈꾸는 사람이므로 결심을 넘겨도 괜찮습니다. 배우자의 선택이 옳아 더 좋은 결론에 이를 수도 있고, 혹은 우회하여 본인이 원하던 바에 이를 수도 있습니다.

두 번째는 신랑과 신부에게 각기 다른 당부를 드리고자 합니다.

먼저 신랑 최00 군은 결혼생활이란 여성의 희생을 전제로 유지되는 것이라는 것을 항상 마음에 새기고 살아가시기를 바랍니다. 지금은 남성들이 힘들다고 볼멘소리를 하는 시대입니다만 분명 결혼생활은 여성의 희생을 바탕으로 유지됩니다. 출산육아는 전적으로 모성에 의존하게 되어 있습니다. 따라서 이 가정의 행복은 신부/아내 허00의 육신적 정신적 희생 그리고 경력의 희생으로 유지된다는 것을 늘 명심하시기 바랍니다. 그리고 평생 아내의 신의를 저버리지 않고 살아가시기를 당부드립니다.

신부는 이 시점 쯤 대한민국에서 결혼하는 신랑들은 모두 집안에서 왕자로 자라났다고 명심하시기 바랍니다. 아들이 출생하면 가정을 건사하고 세상을 떠받들 남자라고 하며 용기와 기를 듬뿍 불어 넣고 아들아들 하면서 애지중지 키웠습니다. 왕자로 자라난 것입니다. 하지만 세상에 나오면 어깨 늘어지는 일도 많고 고개 숙일 일도 많습니다. 이런 왕자님께 누가 도움이 되어야 합니까? 아내가 도움이 되어야 합니다. 신부는 신랑의 자존심을 세워주고 우대하면서 살아가시기를 바랍니다. 그러나 남편이 항상 왕자이면 아내가 힘듭니다. 남편은 돌쇠도

되어야 합니다. 그러면 어떻게 하여야 합니까? 친구들 앞에서 식구들 앞에서 그리고 직장 동료들 앞에서는 남편을 왕자로 대해드리는 겁니다. 신랑은 으쓱하여 세상을 잘 헤쳐나갈 것이고 아내에게 깊이 감사하며 살아갈 것입니다.

세 번째는 부부가 결혼 후 얻게 되는 공통인격에 대한 이야기입니다. 신랑 신부는 각각의 인격을 갖추었지만 결혼 후에는 그 부부는 어떻다는 공동의 인격을 가지게 됩니다. 저는 이 부부가 결혼 후 겸손하다는 인격을 가지게 되기를 바랍니다.

세상에서는 영향력이 있는 사람이 되려고 노력합니다. 공부할 때나 세상을 맹렬히 헤쳐나갈 때 모두 영향력있는 사람이 되기 위하여 노력합니다. 그런데 한국사회에서는 막상 영향력이 있는 위치에 오르고 나면 세상사람의 사랑과 존경을 받기보다는 영향을 받는 사람들의 분노감을 일으키는 경향이 있습니다. 이는 아마도 우리 사회가 지나치게 급속하게 성장하고 팽창하던 시기에 세상이 온통 자존심과 경쟁의 무대가 되면서 겸손을 희생시킨 때문이라고 생각합니다. 제가 자랄 때 이미 자기 PR의 시대에 겸손은 더 이상 덕목이 아니다는 슬로건을 듣고 자랐습니다. 하지만 이제는 우리의 전래의 미덕인 겸손을 찾아와야 할 때입니다.

제가 부부의 공통인격으로 겸손이라는 단어를 끄집어 낸 이유가 있습니다. 신랑신부는 모두 유복한 가정에서 자라나 열심히 공부하여 약학대학을 진학하고 약사가 되어 만나 결혼하게 되었습니다. 이제 결혼출발점에 선 삼십대 초반의 부부가 이미 사회의 부러움을 받는 전문인 부부입니다. 이런 부부에게 겸손이라는 인격이 더해지면 그들의 성취가 더욱 빛날 것이라고 믿습니다. 신혼집 이웃과 경비아저씨 청소아주머니로부터 그 신혼부부 참 겸손하다는 이야기를 듣기 바랍니다. 미래의 자녀들 친구 부모님 그리고 선생님으로부터 누구누구 부모님들은 참 겸손한 사람들이라는 평을 듣게 되시기를 바랍니다. 여러분의 성취가 더욱 고귀하여질 것입니다.

이상이 제가 한정된 시간을 위하여 준비한 당부의 말씀 전부입니다. 그러나 여러분에게는 더욱 중요한 주례사가 있습니다. 여러분들은 아주 화목하게 평생 살아오신 부모 슬하에서 자라면서 좋은 것을 많이 보았을 것이며 특히 결혼을 결심하고 양가 부모님으로부터 결혼생활의 에센스를 녹인 당부의 말씀을 들었을 것입니다. 그것을 여러분들의 주례사로 평생 기억하며 살아가시기를 바랍니다.

앞으로 이 부부가 화목한 결혼생활을 이어가기를 바라면서 주례사를 마칩니다. 감사합니다.

## 주례사2

사람은 결혼 생활의 절반 혹은 그 이상을 자녀 양육과 교육에 바칩니다. 그러니 양가 부모님들 입장에서는 부모로서 자녀를 출가시키는 오늘 예식일은 결혼생활의 완성일이라 볼 수 있습니다. 오늘 이 새로운 부부는 결혼 출발점에 섰습니다. 이 부부의 미래에도 양육과 교육이라는 긴 시간을 바쳐야 하는 임무가 주어질 것입니다. 자녀 양육이라는 관점에서만 보면 이들의 결혼은 부모님들로부터 배턴을 이어 받아 계주에 나서는 출발이라 해석할 수 있습니다.

결혼생활에서 자녀 양육만이 전부는 아닙니다. 당연히 결혼 후에도 신랑 신부는 자신들의 커리어를 귀중히 여기고 세워가야 하고, 자신의 행복을 위하여 여러 가지를 추구하여야 합니다. 그러나 사람들이 중시하며 추구하는 건강도, 지식도, 경제력도, 인간관계도 대개는 나이가 들어가면서 약화되게 마련입니다. 따라서 이를 추구하는 가치가 바래게 마련입니다. 반면 자식을 교육하고 양육하는 과정은 대를 이어 다음세대로 이어지는 영원한 가치를 가집니다.

저는 이 부부에게 자신들의 부모님처럼 자녀 양육과 교육에 최선을 다하고 이에서 기쁨을 누리라고 권유합니다. 자녀를 돌보는 긴 시간동안 많은 어려움이 따를 것입니다. 제가 회고해 보니 어떻게 그 시간을 감당하였나 싶을 정도로 지난한 일입니다. 그러나 큰 보람이 따르는 일입니다. 그리고 결혼한 부부는 자녀를 사회에 보탬으로써 국가에 가장 중요한 기여를 한다는 점을 명심하시기 바랍니다.

───────────

오늘 출발하는 새 부부를 위하여 이 세 가지를 권면의 말로 전합니다. 저는 이 신혼부부의 평소 품성으로 미루어 결혼 후에도 좋은 아들 좋은 딸로 남으리라 믿습니다. 그리고 좋은 사위 좋은 며느리가 되고 서로에게 좋은 배우자로 그리고 미래에 태어날 자녀들에게는 좋은 부모가 될 것을 확신합니다. 신랑신부는 이 기대에 어긋나지 않게 살아 주기를 바랍니다. 이 부부의 앞날을 축복하면서 주례사를 마칩니다.

### 주례사3

한 해를 마감하는 때입니다. 한해의 전환기에 서서 여러 기관들은 지난 해를 정리하면서 시상을 하기도 하고, 10대 사건, 10대 인물을 선정하기도 합니다. 그리고 한 해를 보내면서 다가올 새해를 맞이하는 적합한 문구를 뽑기도 합니다. 이 모든 행동에는 큰 기대와 희망을 가지고 새해를 맞이하려는 마음이 반영되어 있습니다.

지금 하객 여러분들 앞에는 일생 중 가장 중요한 전환기에 서서, 미래를 향하여 나아가는 새 부부가 서있습니다. 신랑 정00 군과 신부 이00 양은 각각 정00/노00씨 가정과 이00/문00씨 가정의 일원으로 살아온 과거를 뒤로 하고, 이제 정00/이00 두 사람만이 이루어 나갈 가정에 대한 벅찬 기대와 희망을 가지고 서 있습니다.

추운 날씨인데도 이 두 사람의 새출발을 축하하기 위하여 만당하여 주신 하객 여러분께 우선 감사를 표합니다. 저는 신부 이00 양을 석사와 박사과정 5년 동안 지도하였습니다. 이00 양은 성실하게 학업과 관련분야 연구에 매진하였고 훌륭한 성과를 내고 대학원을 졸업하였습니다. 지난 해 초, 이00 양이 박사학위과정을 마치고 연구를 계속하기 위하여 서울로 떠났지만 이후에도 자주 소식을 전하여 주어서 그간의 생활도 잘 알고 있습니다. 그리고 몇 개월 전부터 전하는 소식으로 미루어 좋은 일이 곧 다가올 것이라 예측하고 있었습니다. 지난 달 저를 찾아온다는 전화를 받고는 대뜸 시집가느냐?고 물었을 정도입니다. 학위과정을 지도하고 한 실험실에서 연구를 하며 5년을 지냈기 때문에 저는 이00 양의 좋은 인성에 대하여 익히 잘 알고 있습니다. 따라서 좋은 인연을 만났을 것이라고 믿었습니다. 과연 신부와 함께 제 방에 나타난 신랑은 기대대로였습니다. 외모가 준수하고 호감이 갔음은 물론이고 대화해보니 상당히 유능한 청년이라는 인상을 받았습니다. 두 사람은 매우 행복한 표정이었습니다. 서로 좋은 사람을 만나 행복하고, 이를 인연으로 받아들여 결혼하게 되었다니 매우 흐뭇하였습니다.

그리고 신랑신부 각각에게 미리 혼인서약을 받았는데, 신랑은 아내를 사랑할 것과 남편으로서의 책임을 다할 것을 약속하였고, 신부는 남편을 귀히 여기며 최선을 다하겠다는 약속을 하였습니다. 이 부부의 미래를 위하여 별다른 권면이 필요도 없을 듯 합니다.

하지만 현재 이 부부가 가슴 벅찬 기대감으로 기다리는 미래가 마냥 평탄하지 만은 않습니다. 두 사람 각각이 좋은 성품을 가지고 있다 하여도, 그리고 두 사람 모두 간절하게 행복한 결혼생활을 원하며 노력한다 하여도 의외로 결혼생활이라는 현실은 녹록하지 않을 것입니다. 신부 이OO 양이 졸업하며 저를 떠날 때 "저도 교수님처럼 좋은 사람 만나 행복한 가정을 꾸리고 싶습니다"고 하였습니다. 제가 1986년 결혼하여 결혼생활 28년 째를 무난히 보낸 것은 사실입니다. 그러나 만약 28년 전 결혼 출발 때부터 무엇을 마음에 새기고 지켰다면 저의 28년 결혼생활이 훨씬 평탄하였을까를 간혹 생각합니다. 이 부부가 미리 대비한다하여 다가올 어려움이 전혀 없을 것이라 장담할 수는 없지만 그래도 가슴에 새기고 살면 닥쳐올 어려움을 줄일 수는 있을 것입니다. 오늘 신랑 신부에게 드리는 권면 세 가지가 그런 생각에서 나온 산물들입니다.

# '이 건 네 일 아니다!'

**배경과 대화**

나와 죽마지우 K와의 대화이다.

> 나: 직장에서 A와 B가 다툰다.
> K: 그래서.
> 나: 나는 A가 옳다고 본다.
> K: 그러면?
> 나: B에게 잘 못 되었다는 점을 알려줄까 싶다.
> K: 이 건 네 일 아니다!

나는 내 일과 남 일을 구분하지 못한다. 아내는 내 옆에 있는 사람들 중 자신을 뺀 모든 사람들이 내 덕을 본다고 말한다. 박애주의자라며 비난한다. 실제 나는 내 일과 남 일을 잘 구분하지 못한다. 구분하지 못한다기보다 남 일에도 내 일처럼 전력을 기울인다. 무슨 오지랖인지 내 주변에서 벌어지는 상황에

슬며시 끼어들어서 마치 내 일하듯 노력한다. 이런 기질 덕에 주변에서는 무슨 일이 발생하면 나를 끌어들인다. 그리고 나는 내 일인 듯 최선을 다한다.

50년 넘은 친구 K는 내 이런 기질을 잘 안다. K집안 일에도 나는 슬슬 발을 담그더니 K를 제치고 더 주도적으로 문제를 해결하려 노력하였다. '남의 일인데 자기 일처럼 뛰어든다'며 제발 남의 일에 더 이상 정열을 바치지 말라고 조언한다.

마흔 중반이 되면서 내 이런 태도가 좀 수그러 들기는 하였다. 좀 더 이기적이 되었다는 뜻도 되고 내 개인화가 이루어졌다고도 볼 수 있다. 암튼 급해 보이는 일에도 내가 나서야 할 일인지 아닌지를 판단하고 조심하기 시작하였다. K와 같은 주변 사람의 지적과 충고도 한 몫하였다.

하지만 지금도 문제가 보이면 벌떡 일어나 달려 나가는 기질은 여전하다. 이럴 때면 친구가 숱하게 말하여 내게 촌철살인이 된 경구는 내게 묻는다.

이 문제가 과연 내 문제가 맞나?

**'처음으로 내 편 같은 느낌이 드네.'**

배경과 대화

비바람이 강하게 부는 날 집으로 돌아가는 길이었다. 아파트 입구에서 아내가 경비원과 무슨 이야기를 나누고 있었다. 평소에도 그 경비원은 우리 식구들에게 경계심 가득 가진 표정을 보였다. 다가가서 들어보니 경비실 위에 놓여 있던 옹기 항아리가 어떤 물체에 타격을 받고 부숴지자 경비원은 8층인 우리집을 지목하였다. 그는 대뜸 내선 전화를 걸어 우리집 창틀에 세워놓은 물건이 떨어지지 않았느냐고 물었다. 마음이 상한 아내는 경비실로 내려와 항의하고 있었다

아내: 아저씨! 2층부터 7층까지는 조사하지 않고 바로 8층으로 전화한
    이유가 뭡니까?
경비원: 혹시 8층에서 떨어지지 않았을까 생각해 전화한 겁니다.
아내: 왜 8층인 우리집을 지목하여 제일 먼저 전화하셨는데요?

경비원: ······.

나는 전과 달리 이 언쟁에 끼어들어 경비원에게 항의하였다.

나: 아저씨. 저희 집 창틀에 세워놓았던 물건 조각이 발견된 것도 아니
고 그냥 8층을 지목하고 전화하는 건 무례한 일 아닙니까?
경비원: ······.
나: 사실 우리가 이 아파트로 이사 온 이래 아저씨는 우리가 거주자인
줄 알면서 늘 방문객 취급하지 않았습니까? 2-7층을 건너 뛰어 8층
으로 전화를 먼저 하니 아내가 불만이 없겠습니까?
경비원: ······.

집으로 올라가면서 엘리베이터 안에서 아내가 말하였다.

아내: 처음으로 내 편이라는 느낌이 드네.

연인을 사귀는 목적을 내 편을 만드는데 두는 사람이 있다.
결혼도 법적인 제도와 사회적 의미는 고려치 않고 온전히 내
편을 만드는 데 의미를 두는 사람이 있다. 일전에 상영된 드라
마 제목도 "하나 뿐인 내 편"이었다.

결혼 초기 나는 이런 의식이 전혀 없었다. 객관적이고 합리적이 되어야 한다는 기준으로 내가 무조건 아내의 편은 아니라는 생각이 지배적이었다.

아이들이 초등학교 학생일 때 학부형 간의 시샘과 질투가 발휘되어 아내가 한 학생의 엄마와 갈등을 겪을 때에도 나는 객관적 태도를 보이면서 아내의 감정에 완전히 동조하지 않았다.

한번은 아내의 교통사고 소식을 듣고 경찰서로 달려갔다. 아내 상식으로는 자신의 책임이 크지 않다고 생각하는데 경찰이 아내의 과실이 좀 크다고 설명해서, 그 설명을 들은 상대방은 아내에게 매우 무례하게 대하고 있었다. 상대방이 무례하게 나오자 아내는 책임 여부를 떠나 무례한 행동에 대하여 항의를 하고 있었다. 나는 아내의 과실이 크다면 아내가 진정하여야 한다고 생각하였다. 상대방의 무례함을 지적하지는 않고 아내를 진정시키는 데 만 주력하였다. 아내는 내가 상대방 앞에서 보인 매우 객관적인 태도에 실망하였다. 상대방은 문제가 해결될 때까지 불손한 태도를 계속 보였으며 아내는 내 태도가 그들의 행동에도 영향을 미쳤다고 해석하였다.

어떤 상황에서도 나는 아내의 편이라기보다는 객관적인 판정관의 태도를 취하였다. 나의 이런 태도는 나이 50이 다 될 때까지 지속되었다. 그런 만큼 아내의 섭섭함도 자주 표출되었다.

어느 날 시트콤을 보는데 한 여성 주인공이 한 남자를 사랑하게 되면서 '이제 나에게도 내 편이 생겼다!'는 표현을 하였다. 나는 그 때 결혼 20년이 넘는 세월 동안 내가 아내의 편이었는지 자문하였다. 그리고 아내가 간혹 표현한 섭섭함을 이해하게 되었다.

마침 내 어느 바람 부는 날 처음으로 아내의 편이 되었다. 결혼 후 20년을 흘러 보내고 나이 50이 다 되어 나는 깨어났다.

**'새 사람으로 자신의 문제를 해결하려면 안된다.'**

배경과 대화

2004년 전남대학교 기초의학연구센터에 초청되어 강의를 하였다. 한창 활발하게 연구업적을 내던 시점이라서 나도 참석자들도 보람을 느낀 세미나였다. 세미나 후 식사 시간에 센터장이 내게 물었다.

K센터장: 다양한 연구를 하시던데 동아대학교 해부학교실의 교수 인력은 어떻게 됩니까?

나: 예. 현재 3명입니다.

K센터장: 다른 대학에 비하여 현저히 수가 적네요. 연구인력이 더 필요하지 않나요?

나: 저희 대학에서 한 분이 은퇴, 한 분이 전직하였지만, 저는 1명의 교수만 충원하였습니다.

K센터장: 남은 한 자리는 채우지 않으실 겁니까?

나 : 새 사람으로 현재의 문제를 해결하려는 시도는 대개 실패합니다. 현재의 문제는 현재의 사람들이 해결하여야 됩니다.

K센터장: 특별한 경험이 바탕이 된 해안이라고 생각합니다. 잠시 식사 자리에서 모든 참석자들을 주목하게 하여 교수님 생각을 공유하도록 하겠습니다.

K센터장: (큰소리로) 자! 모두 주목하세요. 오늘 연사이신 유교수님이 방금 제게 말씀하신 것을 교수님들께 옮겨 드리고자 합니다.

여느 조직에서든 새로운 인력의 충원은 중요하다. 대학에서도 새로운 교원의 충원은 중요하다. 그런데 일반 공조직이나 법인조직과 달리 대학에서는 새로운 교원의 충원으로 인한 갈등이 심하다. 대학 외 조직에서는 새로운 인력 충원에 해당 부서 구성원들이 결정권을 가지지 않는다. 인력 충원은 인력 관리 부서인 기획처나 기획조정실에 의하여 주도적으로 이루어진다.

그러나 대학에서는 대학의 가장 작은 단위 부서인 학과 소속 교수들이 신임교수 심사를 담당한다. 신임교수 충원에서 거의 결정적인 권한을 가지니 교수들은 소속 학과 교수 채용을 교수들에게 주어진 소중한 권한이라고 생각한다. 대부분 교수들은 이 권한을 자신이 원하는 방향으로 발휘하려 한다. 당연히 학과 내 교수들의 의견이 일치되지 않으면 서로 심한 갈등을 겪는다. 대학사회에서는 이런 갈등을 직접 경험하거나 이웃 학과에서 벌어지는 갈등을 흔히 목격한다. 이런 갈등을 직간접으로 경험하고도, 다시 신임교수를 채용할 상황을 맞으면 자신의 뜻을 관철하려 힘쓰고 또 갈등을 겪게 된다. 신임교수 충원이 잡음 없이 넘어가는 예가 별로 없다.

충원이 되었다고 갈등이 끝나지 않는다. 교원 충원 권한을 전적으로 발휘하는 만큼 신임교수에 대한 불만족과 실망도 해당 소속 교수들이 온전히 짊어지게 된다. 신임교수가 학과에 완전하게 만족될 수 없다 보니, 불만족스러운 점이 드러날 때마다 다시 채용과정의 갈등을 반복한다. 과거 갈등을 심하게 겪은 학과는 악성 회로로 돌아가게 되며, 새로운 신임교수 임용에는 갈등이 증폭된다.

현재의 문제점을 새사람으로 해결하려던 구성원의 갈망이 클수록 빚어지는 갈등은 더 심각하다. 대학사회의 이런 갈등을 목도하고 나는 새로운 사람을 받아 문제를 해결하려 노력하지 말자는 신념을 가지게 되었다. 교육과 연구를 위하여 새 사람이 필요하여도 사람을 받아 문제를 해결하려 하지 말자는 원칙을 세웠다. 연구에서 내가 부족한 부분이 있어도 나를 채워줄 신임교수를 뽑아서는 안된다는 것이 원칙이었다. 내 부족한 부분은 내가 극복해야지 새로운 교원의 도움을 받아 메꾸면 안된다. 새사람을 뽑아서 교육 연구인력이 많아야 조직이 강해진다는 일반적인 신조와는 반대되는 원칙이었다.

나는 이 원칙을 자주 표현하였으나 K센터장처럼 내 말을 촌철살인으로 받아들이는 교수들은 흔치 않았다. 그래도 나는 기회가 될 때마다 이 신념을 설파하였다.

P대의 해부학교실 B교수는 의학전문대학원으로 전환한 국립 의과대학에 교육부에서 기초의학 교원을 증원한다는 데에 한껏 고무되었다. 나는 B교수께 신임교원이 충원된다고 교실 문제가 해결되기 보다는 늘어난 구성원들로 인하여 새로운 문제가 발생할지도 모르니 충원에 신중하여야 한다고 당부하였다. 그러나 B교수는 내 말에 의아하다는 반응을 보였다. 새 사람들로 교실에 획기적인 미래가 열릴 것이라는 기대로 부풀어 내말이 통하지 않았다. 그리고 그 교실에서 수년 동안 신임 교수들이 채워지는 과정에서 빚어진 갈등에 대한 소식을 가끔 들었다.

몇 년 뒤 B교수를 만날 기회가 있었다.

"유교수! 전에 나에게 새 사람으로 문제를 해결하려 기대하지 말라고 했잖아? 지난 몇 년 동안 유교수 말이 숱하게 생각나더라."

　B교수님은 신임교수를 교실에 받아들인 후 겪었던 어려움을 토로하시면서 내 말을 경시하였음을 후회하셨다.

　같은 말이더라도 누구에게는 즉시 촌철살인이 되고 누구에게는 뒤늦은 사후약방문이 된다.

# '적의 적은 아군이지!'

## 배경과 대화

Y교수와의 갈등을 겪어 마음이 꽤 상했을 때다. 출근하면 방 안에서 칩거하고 있었다. 어느 날 K교수가 내 방에 불쑥 들어 왔다. 소문을 듣고 찾아오신 것 같은데 짐짓 나와의 인연이 꽤 많았던 듯 말을 빙빙 돌리셨다. 나는 되도록 빨리 자리를 마감하려 Y교수와의 갈등에 대해 먼저 말을 꺼냈다. 그러자 K교수는 자신의 방문 목적을 드러냈다. "내가 있으니 걱정하지 말라"는 엉뚱한 말이 그에게서 나왔다. 내게 아무런 위안이 되지 못하는 분의 이 발언이 황당하여 L교수를 찾아 물었다.

나: K 교수가 내가 있지 않느냐고 말하시고 떠났습니다.

L교수님: 적의 적은 아군이라는 뜻이지.

나: 아!

1980년대의 정치 민주화 바람을 타고 전국의 대학교는 선거 몸살을 앓기 시작하였다. 정치 성향이 강한 교수들이 나서서 몇 대학에서 대학 관리자인 총학장을 직접 선출하려는 의사를 관철시켰다. 이는 즉시 전국적으로 확산되어 이후 약 15년간 총장과 학장을 직접선거로 선출하였다. 선거에 의해 총학장이 선출되자 전국의 대학들은 심한 내홍을 겪었다.

선거는 동료 교수들 간의 관계를 정치적 관계로 몰아갔다. 일상의 관계조차 정치적 의미를 띠게 되었고, 보통의 모임도 표 경쟁을 대비하는 과정처럼 해석되었다. K교수는 소위 꾼이었다. 본인이 선거에 직접 나서기도 하고 경우에 따라 다른 이를 지원하려 표를 모아 자신의 영향력을 표현하였다. Y교수 역시 비슷한 경향을 가진 분이었다. 선거 때마다 두 사람은 직간접적으로 경쟁하였다. 두 분과의 친소관계는 선거에서의 아군과 적군을 의미하였다. 내가 Y교수와 갈등을 겪으니 K교수는 내가 Y의 적이니 본인의 아군이 되었다고 판단하였나 보다.

그러나 나는 당시 Y의 적군이었지만 K의 아군이 되지는 않았다. 이 촌철살인으로 교훈을 얻었을 뿐, K의 의도대로 움직이지 않았다. 이제 사립대학교에서는 선거가 사라졌다. 선거를 전제로 한 이 촌철살인이 수명이 다하여 다행이다.

# "벌 같은 인간이 되어야 한다!"

## 배경과 대화

군 생활이 몸에 배신 아버지는 3남매를 앉히시고 '정신훈화' 시간을 자주 가지셨다. 지금도 뇌리에 박혀있는 훈화 중 하나는 다음과 같다.

아버지 : 세상에는 세 가지 형태의 사람들이 있다. 거미와 같은 사람, 개미와 같은 사람, 벌과 같은 사람. 거미는 거미줄 치고 곤충을 잡아 먹으니 거미형 인간이란 자신은 일을 하지 않고 남을 함정으로 잡아 먹는 이기적인 사람을 말한다. 개미는 부지런히 일을 하고 단결도 잘하지만 자신들 만을 위한다는 점에서 개미형 인간은 개인주의 인간을 말한다. 벌꿀은 부지런하고 조직력도 강한데 꿀을 만드는 과정에서 꽃을 수정하고 꿀을 만들어 사람들에게도 준다. 벌꿀형 인간은 이타적 인간을 말한다.

아버지는 정말 벌처럼 사셨다. 은퇴 직전까지 휴일이 없이 출근하셨다. 부지런할 뿐 아니라 이기적이지 않으셨다. 아버지가 이기적이었다면 육군항공대 소속으로 5.16에 참여하시고도 혁명의 실과에는 전혀 관심이 없이 군을 떠나시지 않으셨을 거다. 아버님의 '벌꿀형 인간'이라는 촌철살인은 영국의 경험주의 철학자 프란시스 베이컨이 사람을 곤충으로 비유해서 한 얘기라는 사실을 뒤에 알게 되었다.

이 말이 촌철살인 처럼 다가왔으나, 내게 녹아 인격까지 완전히 지배한다고 자신 있게 말할 수는 없다. 내가 거미형 인간이 아님은 분명하다. 적어도 개미형 인간으로 살아왔다. 늘 부지런하였고 미래를 대비하였다. 학창시절부터 공부에 최선을 다하였고 교수가 되어서는 새벽 다섯 시부터 14시간을 연구에 매진하였다. 나의 근면이 나만을 위한 개인적 욕심이었는지 이타적인 동인을 가졌는지에 대하여 나는 오래 성찰하였다. 내저서 「드럼이야기」에서는 내 부지런함에 이타적인 동인이 있었음을 애써 주장하였다.

그러나 내가 벌처럼 살았는지는 내 지인들이 후에 나에 대하여 남길 평가에 의하여 결정될 것이다.

# 에필로그

  대학교수 정년 퇴임이 목전이다. 재직기간 내내 열심히 연구하고 국내 및 국제잡지에 약 300여 편의 논문을 게재하였다. 그 논문들에는 의학적 주제를 과학적으로 접근하여 연구한 자료와 연구자료에 대한 나의 해석이 포함되어 있다. 논문들은 나와 함께 연구한 연구자들의 땀과 지식의 흔적이다. 연구자들은 누구나 이 흔적의 계승에 관심이 크다. 논문이 다른 문헌에서 인용된 횟수는 공개적으로 조회된다. 심지어 논문이 인용되면 저자에게 실시간으로 알려주는 사이트도 존재한다. 내 논문들은 현재까지 8천 회 이상 인용되었다. 내 땀과 지식의 흔적들이 세계에 흩어진 연구자들에게 8천 회 정도 영감을 주었다니 뿌듯하다. 미래에도 내 연구 논문들은 다른 연구자들의 문헌에서 인용되며 지지도 받고 비판도 받으며 수명이 다할 때까지 이어질 것이다.

  지금까지 전문영역 외에 차와 타악기를 소재로 인문교양서 책 두 권을 출간하였다. 이전에 간행된 두 권의 책을 포함하여

금번 간행하는 책의 글들은 연구 논문들과는 결이 다르다. 과학 논문은 생명현상을 고찰하였지만, 이 글들은 인문학적 성찰의 결과물이다. 과학 논문과는 달리 이 글들의 인용은 정확히 추적할 수 없다. 판매된 책 권수로 책을 읽은 독자 수는 어림잡아 계산이 가능하다. 독자의 감성이나 기억에 흔적을 남기면 글은 생명을 갖게 되고, 그런 글은 널리 전파된다. 이 흔적은 글 혹은 입을 통하여 인용되면서 누군가에게 전파될 것이다. 인용이 이어지는 한, 글은 생명을 가진다. 나는 내가 저술한 단행본들의 수명에도 관심이 많다. 연구를 접고 은퇴를 바라보는 이제는 연구 논문보다 이 글들의 생명이 더 귀하다. 내 사유와 상념이 길고 넓게 이어져 독자들에게 조금이라도 유익한 영감을 끼치게 되기를 희망한다.